JN122600

目次

狐小僧、江戸を守る

序

夜蕎麦《よそば》売りの声すら届かない静かな夜だ。

深川《ふかがわ》のはずれにある古い蔵に、十を超えたばかりであろう童《わらべ》が集まっている。全部で五人。強がっている者、今にも泣きそうな者、俯《うつむ》いている者などさまざまだ。

「どうするんだよう、金《きん》ちゃん。おいらたち、怒られちゃうよう」

大柄の童は、傍《かたわ》らにいる坊主頭の童——金太《きんた》の腕を摑《つか》み、揺すった。

金太は近所では知らぬ者のいない餓鬼大将だ。悪戯《いたずら》好きで乱暴者だが、情に厚く、度胸がある。目明《めあ》かしである父親を尊敬し、自分も父のようにあろうと日々努力している。

「どうするったって、お日様を元に戻せるはずもねえ。遊んでたらうっかり寝ちまったって、正直に言うしかねえだろ。……やい、亀吉《かめきち》。おまえはいつまで寝てやがるんでい」

頭を叩《たた》かれ、赤ら顔の童は「ふがっ」と間の抜けた声を漏らした。

寺子屋での手習いがいつもより早く終わった後、金太たちは目新しい遊び場所を求めてあちこちを駆け回った。そんななか見つけたのが、藪《やぶ》に隠されていた古い蔵であった。

蔵の中では同い年くらいの童が一人でコマ遊びをしていた。金太たちはそのおかっぱ頭の男《お》の子に声をかけ、一緒に遊んだ。あっと言う間に仲良くなり、コマ回しは大いに盛り上がった。時間を忘れて遊んでいるうちに、みなうとうとときてしまい、目を覚ました頃には、すっかり夜のとばりが降りていた。

金太たちはまだせいぜい暮れ五つ（午後八時）頃だと思った。しかし、実際には四つ半（午後十一時）をとうに過ぎていた。親や町の者たちは血眼《ちまなこ》になって童たちを探し回っているのだが、ずっと蔵で眠っていた金太たちはそんなことなど知る由《よし》もない。

「さっさと帰ろうぜ。今ならまだ夕飯にありつけるかもしれねえ」

「だめだよ、金ちゃん」

口を開いたのは、今日知り合ったばかりのおかっぱ頭だ。

「真っ暗のなか帰るなんて、危ないよ」

「じゃあ、どうしろっていうんだよう」

「お日様が出るまで待つのはどうかな」

「なに言ってんだ。朝まで家に帰らなかったら、父ちゃんと母ちゃんにぶっ殺されちまう」

「でも、今外に出たら、妖怪と出くわすかもしれないよ」

妖怪——その言葉を耳にし、童たちは途端に竦《すく》み上がった。金太も顔を青くし、押し黙る。

ここ最近、深川では〈水辺で人を襲う妖怪〉が出没しているという。昨夜も酔っ払いや、渡し舟の船頭が襲われ、相当な騒ぎになっていた。

金太たちが今いる古い蔵はすぐ近くに横十間川《よこじゅっけんがわ》が流れている。家へ帰るには否《いや》が応でも川辺を歩かなくてはならない。

「妖怪なんて怖くねぇ。走って振り切っちまえばいいんだ」

餓鬼大将の金太はふんと鼻を鳴らした。しかし目の奥に潜む怖気《おじけ》は隠しきれていない。

「妖怪は大きくって、足がとんでもなく速いって噂《うわさ》だよ。逃げ切れないよ」

「だったら、倒しちまえばいいんだ」

「無理だよ。ただの人間じゃ、妖怪は倒せな——」

蔵の外からガサリと音がした。

童たちは一斉に肩を撥《は》ね上げ、抱き合うように身を寄せた。大口を叩いていた金太も、たまらずおかっぱ頭に抱きついた。

音の主《ぬし》は蔵の周りを行ったり来たりしている。犬猫の足音にしては重い。

「金ちゃん。誰か来るよう……」

赤ら顔の童が涙声を漏らす。

「静かにしろ、亀吉」

童たちは音を立てぬように蔵の奥へと退いた。木箱の陰に身を隠し、口元を押さえて息を殺す。

グオオオオオッ！

ぞっとするような咆吼《ほうこう》が静寂に響き渡る。扉を叩く重たい音に合わせて蔵が震えた。

金太たちは悟った。蔵の外にいるのは間違いなく妖怪だ。自分たちは食われるのだ、と。

「怖いよう」

「父ちゃん、母ちゃん」

童たちはとうとう泣きだした。金太だけは涙を見せなかったが、震えは抑えられずにいた。

一際《ひときわ》大きな音の後、扉がかすかに押し開かれる。土を踏む音と共に何者かが入ってくる。

金太は唇を強く嚙《か》み、弾《はじ》けるように立ち上がった。

「か、かかってきやがれ！　妖怪だか何だか知らねぇが、おいらがぶっ倒してやる」

扉が開く。淡い光が蔵の中を照らす。

現れたのは怖《おそ》ろしい妖怪——ではなく、刀を手にした侍であった。

「なかなか骨のある小僧だ。だが、少し遅かったな」

侍は呆然《ぼうぜん》とする童たちを睥睨《へいげい》し、右手に摑んでいるものを持ち上げた。牛の首である。ただの牛ではない。目は血走り、唇は捲《めく》れ上がり、鋭い牙《きば》が剝《む》き出しになっている。

よく見ると蔵の外には首のない体が横たわっている。赤黒い肌をした巨体だ。提灯《ちょうちん》を持った別の二人の侍が、その体を踏みつけてから蔵に入ってくる。踏みつけられた体は黒い煤《すす》のようになって霧散し、牛の首も塵《ちり》となって消えた。

「悪《あ》しき牛鬼《ぎゅうき》は、我ら孔雀組が退治した」

「くじゃく、ぐみ……」

童たちは互いに顔を見合わせた。

この江戸において孔雀組の名を知らぬ者はいない。正式な名は怨霊怪異改方《おんりようかいいあらためかた》。江戸の町に現れる妖怪を退治し、人々を守護する組織である。

「たすかった……。孔雀のお侍様だ」

「鬼を退治してくれた！」

童たちの顔に安堵《あんど》が満ちた。

辺りに線香のようなにおいが漂っている。侍の一人が呪符《じゅふ》を手にしており、そこから立ち上る煙が蔵に充満しているのだ。おかっぱ頭はその煙に苦しんでいた。顔を青くし、口元を押さえて震えている。

侍はおかっぱ頭に近づき、鼻先へと刀を突きつけた。

「――貴様、妖怪だな」

童たちは目を丸くした。一拍おいて、逃げるようにおかっぱ頭から離れていった。金太も口をあんぐりと開き、その場に尻餅《しりもち》をつく。

「童どもを蔵に集め、まとめて食らうつもりであったか」

おかっぱ頭は苦しげに顔を歪《ゆが》めながら頭《かぶり》を振った。

「ちがう。おいらはただ、みんなと遊びたかっただけで……」

侍の目にぎらぎらとした憎悪が宿る。

「我が父は七年前、〈白仙《はくせん》の乱〉で命を落とした。後ろの者らも同じく家族を喪《うしな》った。貴様らを根絶やしにするために、我ら孔雀組は在るのだ！」

侍は刀を上段に構え、まなじりを決した。

咄嗟《とっさ》に、金太がおかっぱ頭の前へと転がり出る。

「待ってくれよ！　こいつは、悪いことなんてしてねえ。ただおいらたちと遊んでただけなんだ。本当だ！」

「金ちゃん、なに言ってるんだよ」

「そいつは妖怪なんだぞ！」

ほかの童たちが叫ぶ。それでも、金太はおかっぱ頭の前から退《ひ》かなかった。

愚かな真似《まね》をしているのは金太もよく理解している。だが、金太はどうしてもおかっぱ頭を見捨てられなかった。

「こいつが外に出るなと止めてくれなきゃ、おいらたちは鬼に襲われてた。おいらはこいつに命を助けられたも同然だ。だから――」

「つまり、妖怪の味方ということだな」

その声は、ぞっとするほど冷たかった。

「なれば、道連れになってやるがいい」

場に強い殺気と斬撃の気配が満ち、刀が振り下ろされる。

金太はぎゅっと目を瞑《つぶ》った。瞬間、キーン、と金属同士のぶつかり合う音が響く。刀が弾かれた音だ。

金太は何事かと片目を開けた。侍の姿はない。いや、目の前に誰かが立っている。侍と対峙《たいじ》しているのは、狐面《きつねめん》をつけた黒衣の人物だ。顔を面ですっかり覆い隠し、脇差《わきざし》を手にしている。背はさほど高くなく、後ろで束ねた髪が尾のように揺れている。

「貴様、何奴《なにやつ》……！」

侍が慌てて退くのと同時に、後方に控えていた大柄の侍と、眼帯の侍が刀を抜く。三人は間合いをとりながら、闖入者《ちんにゅうしゃ》を取り囲むように左右へ広がっていった。

「煙が揺れぬということは……貴様、人だな。なにゆえ妖怪を助ける」

返事はない。

「なにも答えぬか。なれば斬る。……覚悟ッ」

筆頭格の侍は声を発し、踏み込みざまに斬り込んだ。

しかしその斬撃はあっけなく弾かれ、侍は刀を振り上げたままよろめいた。

「ヤアッ！」

すかさず眼帯の侍が狐面の肩口へと刀を振り下ろす。刀は正面から受け止められ、眼帯の侍はみるみる後方へ追いやられていく。

「なんだとッ！」

地面を踏みしめ、押し返そうとするが、まったく歯が立たない。なんとか一太刀《ひとたち》を食らわせようと刀を振り上げたものの、その隙《すき》に蹴りを見舞われ、蔵の外へ吹っ飛んでいった。

「うおおっ！」

大柄の侍が横合いから斬り込む。しかし軽々と躱《かわ》され、背中に刀が振り下ろされた。

「む、無念」

地面に頽《くずお》れた大柄の侍であったが、やがてむくりと起き上がった。己が無傷であると知った大柄の侍は困惑し、目をしばたたいた。そこを狐面にひょいと持ち上げられ、蔵の外へと放り投げられる。侍は地面を転がり、川へと落ちていった。

「貴様、一体何者だ」

残る一人となった筆頭格の侍は、再び刀を青眼《せいがん》に構えた。

狐面も下段に構え、凝《じっ》と侍を見据える。

よく見ると、狐面が持つ脇差には刃がない。ただの鉄の棒である。それでもって侍二人を容易《たやす》く倒したのだ。加えて、大男を軽々と持ち上げるその怪力――ただ者ではない。

「なにゆえ妖怪に与《くみ》する」

やはり狐面は答えない。

「妖怪は人を食らい、殺《あや》める。なれば、我らは身を守るために妖怪を殺さねばならぬ。違うか！」

「殺さない」

狐面が発したのは、華奢《きゃしゃ》な体軀《たいく》には似つかわしくない低い声であった。

「……なに？」

「人は殺さない。妖怪も殺さない。どちらも助ける」

侍はいっとき言葉を失った。だが、その沈黙はすぐさま怒りに塗りつぶされた。

「妖怪の味方をすると、そう申すのだな」

「そうだ」

「――なれば、ここで死ね！」

侍は狐面の胴を狙って大きく踏み込んだ。しかし刀は何もない闇《やみ》を払った。

「奴め、どこへ……グワッ」

侍は頸《くび》に一撃を受けて膝《ひざ》を折り、白目を剝いて地面に横たわった。

狐面は腰裏の鞘《さや》に刀をおさめると、金太のそばを通り過ぎ、おかっぱ頭を小脇に抱えた。

そのまま蔵から出ていこうとするところに、慌てて金太が立ち上がる。

「待ってくれよう！」

狐面は立ち止まり、金太を振り返る。狐面の細く吊《つ》り上がった目が不気味だ。

「えっと、その……」

「この妖怪は座敷童《ざしきわらし》といって、童と遊ぶことを好いている。生きがいにしていると言ったほうが良いか」

「ざしきわらし？」

「人を害する妖怪ではない。再び会うことがあれば、また遊んでやってほしい」

狐面は蔵の外へ出ると、かすかな風切り音と共に、ふわりと宙に浮いて消えていった。

後日、童たちが興奮気味に語った狐面の話は読売《よみうり》のネタに取り上げられ、瞬《また》く間に江戸中に広まった。

狐面はのちに〈狐小僧《きつねこぞう》〉と名付けられ、義賊として町人たちの人気を集めることになる。

第一話◆白うねり

弥六《みろく》は夜着からもぞりと顔を出し、寝ぼけ眼《まなこ》で外の様子を窺《うかが》った。

障子戸の隙間《すきま》から朝日が差し込んでいる。遠くから聞こえるのは野菜売りの声だ。

――そろそろ起きないと、和尚《おしよう》様にどやされてしまうな……。

しかし皐月《さつき》の穏やかな陽気には敵《かな》わず、弥六は再び心地よいまどろみに落ちていった。

「……なさい……くや……」

近くで声が聞こえる。体が左右に揺れているような気もする。

弥六は布団に顔を押し付けたままで言った。

「もうしばらく寝かせてくれよ。床についたばかりなのはお前も知ってるだろ」

いつもは、こう言っておけばもう少し放っておいてくれるものなのだが――体の揺れがより一層激しくなっている。

「勘弁してくれ。わたしはお前たちのように一晩中起きていられないのだから……」

「なにを寝ぼけているんだい、早く起きなさい！」

突然、強い痛みが左耳を襲った。

たまらずに面《おもて》を上げる。眼前にいるのは、いつも起こしに来てくれる側役《そばやく》ではなく、寺の住職である天暁《てんぎょう》だった。

「和尚様!? どうして……」

「どうしてもこうしてもないよ。今、何刻《なんどき》だと思っているんだい」

弥六はきょとんと目をしばたたく。

「もう四つ半（午前十時）だよ！　お日様が真上に昇るまで寝ているつもりかい」

さらに強く耳を引っ張られ、弥六は情けない悲鳴をあげた。慌てて夜着から転がり出て、四つん這《ば》いで部屋の隅へと逃げていく。

一方、天暁は箒《ほうき》を薙刀《なぎなた》のように床に突き立て、仁王立ちで弥六の前に立ちはだかった。顔つきこそ布袋《ほてい》様によく似ているが、その立ち姿は弁慶《べんけい》もかくやと言うほどの厳《いか》めしさである。

この天暁は弥六が暮らす上野《うえの》の禅寺《ぜんじ》・太福寺《たいふくじ》の住職だ。

七つの頃に太福寺に預けられて以来、弥六はずっと天暁と二人で暮らしてきた。幼い頃のことを覚えていない弥六にとって、天暁は父と言うべき存在である。

「いいかい、弥六や。町ではね、お前くらいの歳《とし》の子はお店《たな》で丁稚《でっち》として働いてるものなのだよ。けれどお前が寺から離れたくないと言うから、寺男見習いとして仕事をさせているのだ。なのに、お前は毎日寝坊ばかり……」

「和尚様、これにはわけがあるのです」

「なんだい、藪《やぶ》から棒に」

「実は、わたしは江戸を守るため、夜な夜な寺を抜けだし、妖怪を退治してまわっているのです。なので朝はどうにも眠たく……」

「たわ言を言うものでないよ」

箒の穂で頭を叩《たた》かれ、弥六は蛙《かえる》が潰《つぶ》れたような声を出した。

「お前は昨晩、五つ（午後八時半）前にはさっさと床について、それからずっと寝ていたじゃないか。夜更《よふ》けなど、いびきが煩《うるさ》くてたまらなかったよ」

「それは失礼を。わたしも十四になったことですし、和尚様を見習っていびきの一つでもかいてみようと……いてッ」

再び箒で叩かれ、弥六は縮こまって頭を抱えた。

「早く顔を洗って境内《けいだい》の掃除をなさい」

「えっ、その前に朝餉《あさげ》を」

「四つ半に朝餉を食べるなんて聞いたことがないよ。昼まで我慢しなさい」

弥六は途端に顔色を変え、天暁の膝元に縋《すが》りついた。

「そんな殺生《せっしょう》な！　和尚様は、わたしがひもじい思いをしてもいいというのですか」

「大げさだね。朝餉を食べなかったくらいで死にはしないよ。あと一刻ほどで昼餉なのだから、それまで――」

「いいえ、坊ちゃんには是が非でも朝餉を食べていただきます」

いつの間にか、天暁の後ろに三十がらみの色白な女が立っていた。頬《ほほ》がこけ、目が落ちくぼんだその相貌《そうぼう》は、否応《いやおう》なく骸骨を彷彿《ほうふつ》とさせる。

「おいよさん、いきなり後ろに立つのはやめておくれと何度も言っているだろうに」

「申し訳ございません。聞き捨てならないことを耳にし、いてもたってもいられず」

女は持っている膳《ぜん》を見せつけるように持ち上げた。

この薄幸そうな女は、名をおいよという。毎朝寺に通ってきて厨《くりや》仕事をこなしてくれる近所の後家《ごけ》だ。男所帯の太福寺には大層ありがたい存在であった。

「朝餉の支度をしてしまったのかい」

「ええ。今朝も二升（二十合）を炊いておりますので、坊ちゃんに召し上がっていただかないと、飯が余ってしまいます」

「なら、醤油《しょうゆ》をさっと塗って焼飯《やきいい》にしておくれ。明日にでもわたしが――」

言いさした天暁であったが、おいよにじっとりとした視線を向けられ、居心地が悪そうに口を閉ざした。普段から胃袋を握られているため、とんと頭が上がらないのだ。

「わたくしのような寂しい女にとって、大切にこしらえた食事を召し上がっていただくのは何よりの楽しみでございますのに、それをお奪いになるだなんて、あんまりでございます」

「わかった、わかったよ。だからそんな目で見ないでおくれ」

「さようでございますか。では」

おいよは隣の板の間に引き返していって膳を置いた。そのまま厨へ戻ったかと思うと、今度は特大の飯びつを抱えて現れ、板の間の隅に座した。弥六が茶碗《ちゃわん》を空にしたとき、いつでも飯をよそえるようにしているのだ。

膳に載っているのは、山のように盛られた飯と汁物、湯豆腐、柔らかそうなたこの桜煮であった。天暁は肉や魚を食べないので、たこは弥六のためだけに用意されたものだ。

「またたこだなんて高直《こうじき》なものを……。うちはただでさえ米代が嵩《かさ》んでいるのだから、贅《ぜい》沢《たく》はいけないとあれほど」

「和尚様も隠れて般若湯《はんにゃとう》を召し上がっているではありませんか」

般若湯とは酒を表す隠語である。

「いや、それは、その……」

どうにか弁明の言葉を紡ごうとしていた天暁であったが、再びじっとりとした一瞥《いちべつ》を向けられ、肩を落としてすごすごと立ち去っていった。

足音がすっかり遠ざかったのを見計らって、弥六はいそいそと膳の近くに腰を落とす。おいよは勝ち誇ったような面持ちであった。

「助かったよ。危うく朝餉抜きになるところだった」

「ご安心くださいまし。わたくしの目が黒いうちは、そのようなことは絶対にさせません」

「さすがはおいよさん。……でも、和尚様の言うことも一理あるんだろうね」

「と、おっしゃいますと？」

「わたしが飯の量を減らせば、浮いたおあしで表の石灯籠《いしどうろう》が直せる」

おいよは眉を顰《ひそ》めはしたが、異は唱えなかった。

弥六が暮らす太福寺には、天暁ただ一人しか坊主がいない。石灯籠は数年のあいだ倒れたままになっているし、本堂の天井には穴が空いている。理由は単純なもので、太福寺には金がないのだ。

太福寺が貧乏寺である理由について天暁は多くを語ろうとしないが、まずは檀家《だんか》がほとんどない。八年ほど前まで太福寺は住職すらいない荒れ寺だったらしい。そこへ天暁がやってきて、地道に寄進《きしん》や布施《ふせ》を募り、ようやく今の姿にまで立て直した。壊れた箇所は少しずつ修繕しているが、それでも襤褸寺《ぼろでら》には変わりがない。

太福寺の台所具合をさらに厳しくしているのが、弥六の食い気であった。

健康な男であれば一日におおよそ五合の米を食うが、弥六はその倍は食う。朝は大盛り飯を七杯、昼と夜は少し減らして六杯。天暁が食べる分も含め、おいよは毎日二升の米を炊く。米は一升で四十文なので、一日に八十文が米代だけで消えている計算だ。それが三六五日積み重なるのだから、貧乏寺には相当な痛手であった。

「一日に炊く米をせめて一升に抑えられれば、少しはおあしが浮く。それか、荷役の仕事をもう少し増やすか……」

真剣な面持ちで算用していた弥六であったが、おいよの姿を見るなり、その表情は苦笑に変わった。

「おいよさん、地が出ちゃっているよ」

「地が出ていると言われましても、これが本来の顔で……あら、いやだ」

骨ばったおいよの顔は、いつの間にか本物のしゃれこうべに変わっていた。

おいよは後家で、夫が遺《のこ》した大金はあるものの、やることもなく寂しいわ暇だわで寺の手伝いを——というのはすべて天暁を欺《あざむ》くための方便だ。実際には、おいよには先立った夫などいないし、長屋にも住んでいない。毎晩五つ頃になると長屋へ帰るふりをして本堂裏に身を隠している。

その正体は骨女《ほねおんな》。――つまり、妖怪であった。

「いけませんねぇ。ここのところ、どうにも気が抜けてしまって……」

おいよは骨の指で頬に触れた。しゃれこうべなので表情などないはずなのだが、なぜか眉尻《まゆじり》を下げているように見えるから不思議なものだ。

「坊ちゃん、忘れないでください。坊ちゃんにお食事を召し上がっていただくことは、わたくしにとっての生きがいでございます。このような身であるわたくしのかわりに、どうか、たらふく召し上がってくださいまし」

「わかっているよ。いつも美味《うま》い飯をありがとう」

そう口にした矢先、廊下から重たい足音と衣擦《きぬず》れの音が戻ってきた。天暁だ。

「箒を渡すのを忘れていた。朝餉を食べたら外の掃除を……って、何をやっているんだい」

弥六は僅《わず》かに腰を落とし、しゃれこうべ姿のおいよを隠すように両腕を広げていた。

「ええと、その、大きい蜂《はち》がいたので……追い払おうと」

「追い払うのは結構だけれど、また床を踏み抜くのだけは勘弁しておくれよ。廊下の穴もまだ直っていないのだからね」

天暁は弥六に箒を渡し、部屋から去っていった。おいよの顔がしゃれこうべになっていることにはまるで気付いていなかった。

おいよが満足する食いっぷりで朝餉《あさげ》を終えた弥六は、天暁に言われたとおり境内を箒《ほうき》で掃いていた。といっても、落ち葉も塵《ごみ》も見当たらないため、ただ箒を動かしているだけである。

飯を食ったばかりで、どうにも眠い。初夏の陽気が睡魔に拍車をかけている。たまらずにかくりと首を折った刹那《せつな》、何やらずしんと重たいものが弥六の頭に落ちてきた。天暁に拳固《げんこ》を落とされたのだと勘違いし、慌てて背筋を伸ばす弥六であったが、振り返った先に天暁の姿はなかった。それどころか、まわりには誰の姿もいない。

足元に視線をやる。そこには猫と鼠《ねずみ》の間のような生き物がちょこんと座り、金色の目で弥六を見上げていた。

「いきなり頭に乗っかってくるのはやめておくれよ。吃驚《びっくり》するじゃないか」

金色の目をした生き物は首を傾《かし》げた。弥六の言葉がわからないのではなく、わかったうえでとぼけているのだ。

この生き物はすねこすりという妖怪だ。悪戯《いたずら》を生きがいとしており、隙あらば人の脛《すね》に絡《から》みついて転ばせようとする。太福寺には八匹ものすねこすりが棲《す》み着いて、いつも弥六の足にまとわりついているので、歩くのにも一苦労である。

「わたしは今掃除をしているから、遊んでやれないよ……って、こら。だめだって」

すねこすりはぷうぷうと鳴きながら、今度は箒にまとわりついた。その鳴き声を聞きつけて、もう二匹がどこからともなくやって来て弥六の足元に絡んでくる。

「ほら、これで遊んでおいで」

弥六は落ちていた小石を拾い、遠くへ投げた。すねこすりたちは小石を追いかけ、そのまま鼻先で突き転がしながらどこかへ行ってしまった。

――人の気配は、なさそうだね……。

弥六は辺りを見回した。

天暁を含め、江戸に住む大半の者は、すねこすりのような力の弱い妖怪の姿を見ることができない。すねこすりが転がした小石も、独りでに動いているとしか見えないらしい。

一昔前であれば、小石が勝手に動いていても「不思議なこともあるものだ」で済んでいた。しかし近ごろは何かにつけて妖怪の仕業とされる。もし何者かが「小石が動いているのは妖怪の仕業に違いない」と叫べば、すぐさま孔雀組がやって来て、すねこすりたちは殺されるだろう。

弥六も他人事《ひとごと》ではいられなかった。

天暁を含め、町の者たちは弥六のことを「大食らいで力持ちだが、あとはなんの変哲もない若者」だと思っている。

その正体は、人と妖怪の間に産まれた子――つまり、半妖《はんよう》である。半妖といってもほとんど人と変わりがなく、違うところと言えば、妖怪をはっきりと目に出来ることと、力が頗《すこぶ》る強いこと、あとは怪我《けが》の治りが多少早いことくらいである。妖怪を燻《いぶ》り出すという破邪《はじゃ》の札《ふだ》も弥六には通用しない。気をつけていれば、どれだけ力のある法師や退魔師であろうと、弥六が半妖であることを見破るのは困難だ。

しかし、油断して妖怪の血が濃くなれば話は違ってくる。半妖の弥六は少し動いただけですぐに腹が減る。そのまま何も食わずにいると、人としての体が飢餓に瀕《ひん》し、妖怪の血が暴走すると言われている。そうならないために弥六は毎日、山のような飯を食っているのだ。

――ここのところ、孔雀組はなりふり構わなくなってきているというし、気をつけなければ……。

弥六は神妙な面持ちで箒の柄《え》を握り直した。不格好に巻き付けてある籐《とう》の感触は、幼い頃のことを否応なく思い起こさせた。

幼い弥六にとって、己《おのれ》の中に流れる妖怪の血は呪《のろ》いそのものであった。人よりも力が強いために箸《はし》や箒、障子戸などをすぐ壊してしまう。食い気は人一倍で、食ったそばからすぐ腹が減る。七つより前のことを覚えておらず、両親の顔も、故郷も知らない。まわりには妖怪がいて、弥六のことを「若様」と呼んで頭《こうべ》を垂れた。弥六は己という得体の知れないものを恐れ、十の頃まで寺にこもってばかりだった。ほとんど口を開かず、人形のように日々を過ごした。

弥六の心に大きな変化が生じたのは十一の頃だ。父の古い友だという妖怪が現れ、父のことを語ってくれた。

弥六の父は、今も語り継がれる〈白仙の乱〉を引き起こした、妖狐《ようこ》・白仙であった。

七年前、白仙はある日突然数多《あまた》の妖怪たちを引き連れて江戸を襲撃し、人々の命を奪った。それまでは幕府と盟約を結び、陰ながら江戸を守っていただけに、白仙のこの蛮行はまさに寝耳に水で、裏切られた将軍・家斉《いえなり》の怒りと混乱は相当なものであったという。

この事件以降、人々は前にも増して妖怪を恐れ、憎むようになった。幕府が怨霊怪異改方――通称・孔雀組をつくったのも、〈白仙の乱〉を受けてのことだ。

江戸の守り手であった大妖怪は、一夜にして不倶戴天《ふぐたいてん》の敵となった。

だが、白仙をよく知る妖怪は「あの方が人を殺《あや》めるなどあり得ない」と口を揃《そろ》えて言う。

白仙の行方が知れぬ今、何が真《まこと》かを知る術《すべ》はない。一つだけ明らかなのは、人間の敵と言われている白仙は、人との間に子がいたということだ。弥六がその生きた証《あかし》である。

父のことを知ってからというもの、弥六は寺にこもるのをやめ、努《つと》めて外出《そとで》をするようになった。人と妖怪双方の血を引く者として、成すべきことがあるのでは、ひいては、それが己の生きる意味になるのでは――そう考えたのだ。

しかし、弥六が何かを成す間もなく、人と妖怪の間に横たわる溝は、みるみる深まっている。白仙が残した禍根は、もはや取り返しがつかないところまで膿《う》んでいるように思えてならなかった。

「──起きていたのか」

近くの木の枝に一羽のからすがとまる。鋭い嘴《くちばし》から発せられたのは、紛れもなく人の言葉だ。

弥六はあえてからすに体を向けず、小声で答えを返した。

「おはよう、黒鉄《くろがね》。いい朝だね」

「もう昼前だぞ」

「知ってるよ。さっき、和尚様にどやされてしまった」

弥六は注意深く辺りを見回してから、木へ近づく。

「どうして今日に限って起こしに来なかったんだ。危うく朝餉抜きになるところだった」

「明け方すねこすりどもにせがまれて役目を譲ったのだが……案の定、連中は忘れていたようだな」

すねこすりたちは遠くでじゃれあっていたが、弥六の表情から何かを思い出したようで、バツが悪そうに走り去っていった。

「まさか巳《み》の刻（午前十時）を過ぎても起きてこないとは思わなかったが」

「仕方ないだろ。昨晩だって……」

「大いびきをかいて寝ていたのだろう？」

からすは意地悪く鼻で笑った。

このぶっきらぼうなからすは、名を黒鉄という。その正体は烏天狗《からすてんぐ》である。

黒鉄は、弥六が寺に預けられてすぐの頃に側役《そばやく》として太福寺へやって来た。以前は側役らしく恭《うやうや》しい態度を崩さなかったが、紆余曲折《うよきょくせつ》あり、今では対等な立場で弥六を支えてくれる。弥六にとって黒鉄は唯一無二の相棒であった。

「ところで、朝の見廻《みまわ》りはどうだった？」

「相も変わらず、八丁堀《はっちょうぼり》の連中が険しい顔で駆けずり回っている。本所《ほんじょ》での殺し、未《いま》だに下手人《げしゅにん》の尻尾《しっぽ》が摑《つか》めずにいるらしい」

「役人たちも焦っているんだろうね。あらぬ噂《うわさ》の一つや二つ、出てきてもおかしくない頃合いだ」

「もう手遅れだ。先ほど、長屋の女どもが妖怪の仕業だの何だのと話していた」

「……となると、孔雀組が動きだすのもそろそろか」

五日前、本所で奇妙な屍《しかばね》が見つかった。

殺されたのは二十《はたち》を過ぎたくらいの青年で、肩から腰にかけてを袈裟《けさ》斬りにされた挙げ句、ぼろ布を喉の奥まで詰め込まれていた。屍の身元は明らかにされていないが、噂によると、旗本の長男であるらしい。

懐《ふところ》から紙入れがなくなっていたため、役人たちは物盗《ものと》りの仕業と見込んで調べを進めているようだが、町人たちの関心はもっぱらぼろ布のほうに注がれていた。

口の中にぼろ布を詰め込まれるなど明らかに普通の死に方ではない。今の時世では、普通でないものはすべて妖怪の仕業とされる。そうして、妖怪の仕業と噂が立つところに孔雀組が現れるのだ。

「老緑《おいみどり》どもと鉢合わせては面倒だ。本所の件には首を突っ込むなよ」

老緑とは孔雀組の役人のことだ。老緑の羽織を纏《まと》っているので、そう呼ばれる。

「わかってる。……ほかには何もなかったかい」

「いつもどおりだ。どいつもこいつも、狐小僧《きつねこぞう》の話ばかりしている」

あまりにぶっきらぼうな物言いに、弥六は思わず吹き出してしまった。

「なにが可笑《おか》しい」

「いや……。得体の知れない義賊もどきに熱を上げるなんて、みんな物好きだなあと思ってさ」

と、弥六はごまかした。

だが実際、町人たちの間では狐小僧が大層な人気を博している。狐小僧が何者かは誰も知らない。わかっているのは、夜に現れ、妖怪に襲われている者を助けて去っていく、ということだけである。

火付盗賊改方《ひつけとうぞくあらためかた》の長官・岡部《おかべ》忠英《ただひで》は、狐小僧の人気ぶりがおもしろくないようで、盗賊として捕らえようと躍起《やっき》になっているらしい。しかし、火盗改《かとうあらため》が狐小僧を追い詰めたという話はまったく聞かない。それどころか、毎度狐小僧に化かされる敵役《かたきやく》として、読売に面白おかしく書かれる始末である。

「おおい、弥六や。ちょっと来ておくれ」

ふいに、弥六を呼ぶ声があった。本堂の前で天暁が大きく手を振っている。隣に立っているのは紅消鼠《べにけしねずみ》色の小袖《こそで》を着た四十がらみの女だ。

「ただいま参りますよぉ」

本堂へと駆けて来た弥六を見てまず口を開いたのは、天暁ではなく女のほうであった。

「相変わらず眠たそうな顔だね。せっかくの色男なんだから、もう少ししゃきっとしな」

肩を叩かれ、弥六は思わずよろめいた。

この女は浅草《あさくさ》の料亭『菊之屋《きくのや》』のおかみで、名をおときという。夫の遺した小料理屋をたった一年で中庭つきの料亭にまで育て上げた、商才に長《た》けた女傑だ。

本来ならば高級料亭の女主人がこんな貧乏寺まで足を運ぶはずもないのだが、おときと天暁は旧知の間柄らしく、たびたび寺にやって来ては何かと世話を焼いていく。あれこれと口うるさく言うおときと、鬱陶《うっとう》しそうにしながらもまんざらではない天暁の様子は、まるで長年連れ添った夫婦《めおと》のようであった。

「おときさんも相変わらず元気いっぱいですね。今日はどのような用向きで？」

「あんたに仕事を頼みたくってね。なに、仕事っていっても、ただの荷物持ちさ。駄賃ははずむから手を貸しておくれよ」

弥六は露骨に嫌そうな顔をした。

「なんだい、その顔は」

「この間も荷物持ちの仕事と言っておきながら、なにやら上等な着物でわたしを飾り立てて連れ回したじゃありませんか」

「ちょっとくらいいいじゃないのさ。あんたを連れて歩いてるとね、菊之屋には見目の良い下男《げなん》がいると噂になって、次の日には店が繁盛するんだよ」

おときは弥六の肩に腕を回し、悪戯《いたずら》っぽく笑って頬を寄せた。しかしその笑みは長く続かなかった。

「……ま、今日は本当に荷物持ちの仕事だよ。失《う》せ物探しといったほうがいいか。ちょっと厄介なことになっちまってね」

打って変わって神妙な声音《こわね》である。普段底抜けに明るいおときがこのような声を漏らすのは珍しい。

看板扱いはごめん被《こうむ》りたいが、おときが本当に困っているというのなら、手を貸すのはやぶさかではない。弥六は生来、困っている者を放っておけない性質《たち》なのだ。

「何かあったのですか」

「詳しいことは道中で話すよ。あまり店を空けておきたくもないからね」

まるで、ここでは話せないと言わんばかりの口ぶりだ。

「わかりました。では急いで菊之屋へ向かいましょう」

「悪いね。……そういうことだから、天暁。ちょいと弥六を借りていくよ」

おときはさっと踵《きびす》を返し、逃げるように寺門のほうへ歩いていく。弥六も手にしていた箒を本堂の壁に立てかけ、おときの後を追った。作務衣《さむえ》のままだが、ただの荷運びであればわざわざ着替える必要もないだろう。

「おとき」

天暁に呼び止められ、おときは足を止めた。しかし後ろを振り返りはしなかった。

「なんだい」

「厄介事というのは、まさか妖怪が関わることではないだろうね」

「……妖怪になんて全然絡んじゃいないよ」

「本当かい」

「嘘《うそ》ついてどうするッてのさ」

吐き捨てるように言い、おときは今度こそ立ち去っていった。

上野から浅草へ続く新寺町《しんてらまち》通りは、広徳寺《こうとくじ》や浅草寺《せんそうじ》へ参詣《さんけい》に行く人々で賑《にぎ》わっていた。

昼前とあって、豆腐売りが「とうふィ、とうふィ」と売り声を響かせながら歩いていく。豆腐売りは長屋の女房に呼び止められ、狭い木戸をくぐって裏長屋のほうへと消えていった。

辻《つじ》で人を集めているのは冷や水売りだ。今日は皐月《さつき》にしては暑いので、みな冷たい水を求めているのだろう。水に甘みをつけ、白玉を加えたものも大層人気のようである。

弥六は背後を振り返った。

蠟燭《ろうそく》屋の屋根に黒鉄がとまり、凝《じっ》と弥六を見据えている。黒鉄はぶっきらぼうな態度の割に心配性なので、弥六が他出をするときは必ず後ろをついてくる。

「突然どうしたんだい。後ろに何かあるかい」

傍《かたわ》らを歩いていたおときは、額に手をかざして遠くを見やった。

「ええと、もう冷や水売りが出てきたのだなあと思いまして」

「本当だね。まだ梅雨《つゆ》すらきてないってのに、随分とまあ気の早い」

からからと笑ったおときであったが、その面持ちはすぐに疲労を帯びた。

「詳しい話を聞かせていなかったね」

おときは注意深く辺りを見回し、弥六に身を寄せる。

「五日前の、本所での殺し……話くらいは知ってるだろ？」

「ぼろ布を口に詰め込まれていたと噂の？」

「そうさ。あまり大きな声では言えないけれど、殺されたのは御納戸頭《おなんどがしら》・片桐宗治郎《かたぎりそうじろう》様のご長男、信之介《しんのすけ》様というお方なんだよ。よくうちにいらっしゃって、どじょうを甘辛く煮たのをうまいうまいと召し上がっていた」

御納戸頭とは将軍家の金銀や衣服などの出納をつかさどる役職だ。石高《こくだか》はおおよそ六、七百石。中堅の旗本といえよう。

「もしや、失せ物探しというのは、その方の遺品を？」

「だったらよかったんだけどねェ」

おときは大きく溜息《ためいき》をつく。どうやら相当に厄介な問題が横たわっているようである。

「昨晩、信之介様の弟の彦左衛門《ひこざえもん》様が血相を変えてうちに駆け込んできてね。こうおっしゃったのさ。兄上を殺《あや》めた妖怪がここに逃げ込んだ、って」

弥六は途端に顔を強《こわ》ばらせた。

「妖怪……でございますか」

「歩いていたら突然ぼろ布が顔に張りついてきて、咄嗟《とっさ》に引き剝《は》がしたら、切れっ端だけ残してうちの塀の中に逃げ込んだと。いい迷惑だよ」

「ただの布きれを、妖怪と勘違いしたのではなく？」

「あたしも最初はそう思ったよ。でも、兄の信之介さまが口にぼろ布を詰め込まれてたって話を思い出してね。もしかしたら、って」

信之介を殺したぼろ布の妖怪が、弟の彦左衛門も殺めようとしたのでは——おときはそう言いたいのだろう。

妖怪が人を襲うことは決して珍しくないが、兄弟を狙って襲うとなると話は違ってくる。大抵の妖怪は人の見分けがつかないので、襲う者をわざわざ選ぶのは稀《まれ》なのだ。

もし本当に妖怪の仕業であるのなら、ぼろ布はなぜ片桐家の兄弟を狙うのだろう。片桐家と何か因縁《いんねん》があるのか。

「彦左衛門様が言うには、ちぎったのは妖怪の脚ンところだったらしくて、弱っていたそうなんだよ。遠くへは行けないはずだ、見つけ出して捕らえろ……そう仰《おお》せになってね。昨晩はもうてんやわんやだったよ」

「ぼろ布は見つかったのですか？」

「見つからなかったから、こうしてあんたを呼んだんじゃないのさ」

「なるほど。失せ物探しとはそういう……」

——まいったな。関わるなと黒鉄に釘《くぎ》を刺されたばかりなのに……。

「まあ、昨晩あれだけ探して見つからなかったんだ。ぼろ布の妖怪はとっくに逃げちまってるに違いないよ。でも、この際だから簞笥《たんす》なんかもどかして、畳も全部ひっぺがして、すみずみまで掃除してやろうと思ってね。あんたは細っこいくせに力持ちだから、こういうときにいてくれると助かるんだよ」

「さようで……」

弥六は苦笑いを浮かべた。おときはむっとして、弥六に顔を寄せる。

「なんだい、不服かい」

「とんでもない。おときさんの頼みとあらば、畳など何枚でも剝がしてみせますよ」

「そうこなくっちゃね」

「それはそうと、なにゆえ和尚様に嘘をついたので？」

「嘘なんかついちゃいないよ。失せ物探しってのは本当だし……」

「そうではなく。厄介事というのは、まさしく妖怪が関わることではありませんか」

おときははたと足を止めた。

「あんた、昔ッから妙なところで鋭いねェ。誰に似たんだか」

溜息をつき、再び歩を進める。

「あんたも知っているだろうけど、天暁は大層な妖怪嫌いだろ？　妖怪のこととなると、いつにも増して口うるさくなる」

おときの言うとおりだ。嫌いというより、忌避《きひ》している。

天暁がなぜ妖怪を避けるのかはわからない。幾度となく尋ねたが、そのたびにはぐらかされてきた。そもそも弥六は天暁の過去をまったく知らない。わかっているのは、八年前に住職として太福寺にやって来たということだけである。

大事に育てている子供が半妖だと知ったら、天暁はどんな顔をするのだろう——その不安が胸の裡《うち》から消えたことは一度もない。だが、弥六は決して表には出さず、努めて明るく振る舞っていた。

「あたしはさ、天暁に心配をかけたくないんだよ。ああ見えて、あいつは一人で抱え込むところがあるからね」

おときは目を伏せたあと、いつもの悪戯《いたずら》っぽい笑みを見せた。

「まっ、あんたがいれば心配はいらないね。ずっと天暁のそばにいてやっておくれよ」

背中を強く叩かれ、弥六はたまらず顔をしかめた。だが、不思議と悪い気はしなかった。

菊之屋に着いた弥六を真っ先に迎えたのは、男の怒鳴り声であった。

普段は大勢の客で賑わう店内だが、今日は客の姿がなく、代わりに若党らしき侍たちが店の中を行き交っている。板前や女中たちは萎縮《いしゅく》した様子で、身を縮めて歩いていた。

「おかみさん、ようやくお戻りですか！」

裾《すそ》を撥《は》ね上げて走り寄ってきたのは中年の女中だ。

「つい先ほど彦左衛門様がいらして、おかみさんが逃げたと思ってそれはもうお怒りになっておりますよ」

「今、どちらにいらっしゃるんだい」

「茜《あかね》の間です。……ほら、噂をすれば」

女中はすっとおときのそばから離れた。間髪を入れず、廊下の奥から若い羽織姿の男が姿を現す。鼻筋がすっと通った端整な顔立ちだが、その目つきはまるで蛇のようである。

男はおときの姿を見つけるが早いか大股に近づいてきた。

「おかみ、どこをほっつき歩いていた。布は見つかったのか」

「これから畳の下なども探すつもりでございます。今しばらくお待ちを……」

「もしや時を稼いでおるのか。その間に妖怪を匿《かくま》うつもりではあるまいな」

「匿うなど、そのような」

「そもそも、この小僧は何者だ。なにゆえここにおるのだ！」

ぎろりと睨《にら》まれ、弥六は思わず背筋を伸ばした。

「この者は、手伝いに参った寺男でございます。大層な力持ちでございますゆえ、なにかと役に立つかと」

「寺男なぞを呼んでいる暇があるのなら、早《はよ》う探さぬか。兄上を殺めた妖怪が近くに潜んでおるやもしれぬのだぞ！」

怒鳴り声が辺りを震わせた。女中たちなどは今にも泣きだしそうな様子である。

この男が片桐信之介の弟、彦左衛門であろう。歳の頃は二十そこそこといったところだろうが、目の下に浮かぶ隈《くま》のせいで妙に老け込んで見える。額に浮かぶ青筋と、血走った目が、気性の荒さを物語っていた。

「すぐに探します。今しばらくお待ちくださいませ」

一緒に来とくれと耳打ちされ、弥六は彦左衛門に会釈《えしやく》をしてからおときの背を追った。

連れられるがままに二階へ上がり、一番奥の客間へと足を踏み入れる。おときはしばらく凝《じつ》と壁を見つめていたが、突然抑えていたものを吐き出すように溜息をついた。

「昨晩からあの調子さ。困ったもんだよ」

「それは、ご苦労さまでございますね……」

「今朝はせっかくいい鰹《かつお》が手に入ったっていうのに、お客さんを入れられないんじゃ話にならない。あんた、帰りにちょっと持っていくかい？　天暁と一緒にお食べ」

「よろしいので？」

弥六は目を輝かせた。本来ならば小躍《こおど》りするところなのだが、おときがあまりに疲れ切った顔をしているため、笑みを浮かべるにとどめ、話を変えた。

「そういえば、孔雀組はこのことを知っているのですか」

「いや、知らないよ。彦左衛門様がね、まだ孔雀組には告げるなとおっしゃるのさ」

「相手が妖怪であれば、孔雀組に任せるのが一番手っ取り早いでしょうに」

「自分の手で討ちたいんだろ。たとえ妖怪だろうと仇《あだ》は仇だ。みすみす逃したら、お家の名に傷がついちまう」

武家において、父母や兄の仇を討たないというのは極めて恥ずべきことだ。親兄弟を殺された武士は幕府に仇討ちの届け出をし、浪人の身となって敵を追う。成し遂げられなければ一門に悪い評判が立つため、仇を討つまで戻ることは許されない。

彦左衛門がぼろ布の妖怪を己《おの》が手で退治しようとするのも、仇討ちと考えれば確かに筋は通る。だが、ただの刀では妖怪は斬れない。ぼろ布の妖怪を捕らえたとして、彦左衛門は一体どうするつもりなのだろう。

そもそも、片桐信之介を殺めたのは本当に妖怪なのだろうか。袈裟斬りにされた挙げ句、紙入れを盗られていたというのは、人の手によるもののような気がしてならないが――。

「ま、あたしとしては孔雀組が来ないに越したことはないけどね。連中は態度がでかくていけ好かないよ。にこりともしないし、目つきがまともじゃないし、まるで昔の――」

言いさして、おときは首を横に振った。

「余計な話だね。……さて、片っ端から畳を引っぺがしておくれ。あたしは布を探すから」

弥六はおときに言われたとおり、次々と畳を剝がしていく。しかし部屋のなかを丸裸にしてもぼろ布は一向に見つからない。二階の部屋を一通り探したが、それらしきものは出てこなかった。

仕方なしに階下へと戻る。一階でもやはり見つからないようで、店の者の間には色濃い疲労と諦観《ていかん》が滲《にじ》んでいた。

「そこの女、待て！」

廊下に彦左衛門の怒声が響き渡る。

指さされた先にいたのは年若い女中だ。腹に手を当て、何やら落ち着かない様子である。顔色もあまりよくない。

「先ほどから怪しい動きをしておる。貴様、妖怪を匿《かくま》っておるのではなかろうな」

女中は何度も首を横に振る。

「まさか！　匿ってなどおりませぬ」

「なれば、なにゆえ外へ行こうとしていた。妖怪を逃がそうとしていたのではないのか」

「腹の具合が悪く、厠《かわや》へ行こうと……」

「ええい、黙れ。どこぞに妖怪を隠しておるのであろう！」

彦左衛門は大股で廊下を突き進み、女中の襟元を掴み上げた。

女中は今にも泣きだしそうに顔を歪《ゆが》めるのかと思われたが、意外なことに、気丈にも彦左衛門を睨《にら》み返してみせた。思ってもみなかった反応を受け、彦左衛門はたじろいでいる。

「なんだその目は……」

女中は返事をしない。凝《じっ》と彦左衛門を睨《ね》めつけるばかりだ。

「無礼な！」

彦左衛門は手を上げた。

しかし、その手が振り下ろされることはなかった。音もなく近づいた弥六が、彦左衛門の腕を摑んで止めたのだ。

「なにっ……」

彦左衛門は弥六の手を振りほどこうとしたが、どれだけ力を込めても腕は僅かにしか動かない。華奢《きやしや》な小僧に力で負けたという事実は、彦左衛門に屈辱を与え、火に油を注いだようであった。

「ええい、放せ！」

彦左衛門は弥六を突き飛ばし、そのまま腰の刀へと手をやった。羞恥《しゆうち》に塗《まみ》れた顔は、赤鬼か、あるいは茹《ゆ》で蛸《だこ》のようである。

——まずいな……。

弥六はすぐさま眉尻を下げ、情けない面持ちで床に手をついた。

「お許しください、お武家さま——。つい体が動いてしまったのです。何卒《なにとぞ》、お慈悲を……」

懇願し、床に額を擦《こす》りつける。しかし彦左衛門の怒りが収まることはなく、抜かれた刀の切っ先は弥六の首筋へと向けられた。

「おやめください、彦左衛門様！」

おときが金切り声をあげ、駆け寄ってくる。店の者たちも顔を青くして口元を押さえた。

その時、どこからともなく黒い影が飛んできた。

彦左衛門は急な突撃を顔面に食らい、尻餅をつく。その大きく開かれた足の間に、今しがたまで手に持っていたはずの刀が突き立った。何が起こったのかわからない彦左衛門は、ただ呆然《ぼうぜん》とするばかりであった。

慌てて侍らが駆けつける。みな一斉に刀を抜いて周囲を見回したが、黒い影はもういない。

「なんだ今のは。まさか、本当に妖怪が……」

口を開いたのは、おそらく侍のうちの一人だ。思わず口をついて出たであろう「本当に」という言葉は、彦左衛門の顔に影を落とし、強ばらせた。

「今、口を開いたのは誰だ」

侍たちの顔が途端に青くなった。互いに視線を向け合い、責をなすりつけ合っている。

「彦左衛門様。見たところ大分お疲れのご様子。一旦引き上げられてはいかがでしょう」

口を開いたのは大柄の侍だった。ほかの者たちはそれに追随するように何度も首を縦に振る。

「さようにございます。ぼろ布は、我々が探しますゆえ……」

「顔色が悪うございますぞ。屋敷でお休みになられるべきかと」

彦左衛門は殺気立った様子で侍たちを見回したが、己が情けなく尻餅をついていることに気付き、唇を嚙《か》んだ。そのまま床から刀を抜いて鞘《さや》におさめ、足音を響かせて立ち去っていく。侍たちは慌てて後を追った。

一行がすっかり引き上げたのを見計らい、弥六は先ほどの女中に目をやる。女中は、彦左衛門が去って行ったほうを憎々しげに睨んでいた。

「大事ありませんか」

弥六に声をかけられ、女中はびくっと肩を撥ね上げて振り返った。

「はい。危ないところを助けていただき、ありがとうございました」

「礼には及びません。ああ、具合が良くないのでしたね。引き留めてしまってすみま――」

（お梅《うめ》ッ、何をしてやがんだ。あいつを追え、逃げられちまうぞ！）

突然、女中の腹から声がした。

女中は無表情に唇を嚙みしめている。知らぬふりを決め込んでいるようだが、女中の腹からはなおも何者かの声が聞こえた。

（あの男が信之介の仇《かたき》だ。聞いているのかよ、お梅ッ）

「あの、わたくしは、これで……」

顔を真っ青にした女中は、あわてて廊下の奥へと走り去っていく。その両手は、何かを押さえつけるかのように、帯の上へと置かれていた。

「弥六や」

唖然《あぜん》としている弥六の肩を、おときがぐっと抱き寄せる。

「あんた、普段はふにゃふにゃしてるけど、ここぞというときはやるじゃないか」

「刀を突きつけられたときは生きた心地がしませんでしたよ。それはそうと、今の方は」

「あの子は昔ッから体が弱くてねえ。ここのところは調子が良いようだったけど……ま、女にはいろいろあるのさ」

弥六は女中が走り去っていったほうをもう一度見やった。女中の腹から聞こえた声が、耳から離れなかった。

もうじき八つ（午後二時）の鐘が鳴る頃合いである。

約束どおりおときから鰹《かつお》の切り身と百文の駄賃をもらい、弥六は帰路についた。

人の多い広小路《ひろこうじ》を避け、寺ばかりが建ち並ぶ浅草寺の北側を歩いていく。この辺りの細道は昼でも人気《ひとけ》がないため、普段から好んで使っているのだ。

弥六は辺りを見回し、指笛を吹いた。少しして、弥六の肩に一羽のからすがとまった。

「さっきは助かったよ。やっぱりおまえがいてくれないとだめだ」

からす——黒鉄は得意《えぐ》げに鼻で笑った。

「あのまま、奴の目を抉り出してもよかったが」

「よせよせ。そんなことをしたら本当に孔雀組が来てしまう」

「どのみち、近いうちにやって来るだろうよ。ぼろ布の件を隠しおおせられるとは思えん。

……それはそうと、先ほど何かを気にかけていたようだったが、どうかしたのか」

「ちょうどその話をしようと思っておまえを呼んだんだ」

弥六は再び辺りを見回し、黒鉄に顔を寄せた。

「妖怪を匿《かくま》っているのは、多分、お梅さんという女中だ」

「お前が助けた女か」

「そう。お梅さんの腹のあたりから声が聞こえた。周りの人には聞こえていなかったようだから、あれは人の声じゃない」

「声はなんと言っていた」

「あの男が信之介の仇だ、と」

黒鉄は眉を顰《ひそ》めた。からすに眉はないのだが、なぜかそのように見えるのだ。

「つまり、弟が兄を殺し、その罪を妖怪になすりつけているというわけか」

「信之介さまは紙入れを抜き取られていたそうだから、元々は盗人《ぬすっと》の仕業に見せかけるつもりだったのかもしれない。口にぼろ布を詰め込んだ理由はわからないけれど」

「人間のやることに大した理由なんぞないだろう」

身も蓋《ふた》もない物言いに、弥六は苦笑した。

「彦左衛門とかいう侍が兄を殺し、ぼろ布の妖怪がその仇討ちをしようとしているのか」

「そういうことになるね」

「殺された侍とその妖怪は、何かしら関わりがあったのだろうな。それがなぜ今、女中と共にいるのかはわからんが」

今の世では、妖怪を匿ったり手を貸す者は誰であれ処される。それどころか、妖怪の隠れ家を聞き出すにも容赦のない拷問《せめ》を加えられると言われている。お梅は今、妖怪に与《くみ》する者として捕らえられかねない立場にあるのだ。

「それにしても、ぼろ布の妖怪か……」

黒鉄がぽつりと呟《つぶや》く。

「もしかすると、その妖怪は白《しろ》うねりかもしれん」

「白うねり……。初めて聞くな」

「元は伊勢《いせ》のほうで祀《まつ》られていた白蛇《しろへび》の神だ。ご多分に漏れず妖怪に貶《おとし》められ、汚れた布や紙切れを依代《よりしろ》とする小さな白龍《はくりゅう》になった。神の頃は安産や女の病の治癒をつかさどっていたそうで、その名残か、今でも女の病を治すことをよすがとしている者が多い」

「お梅さんは体が弱い性質《たち》らしいよ」

「白うねりの主人にはもってこいだな」

妖怪たちは生きがいのことをよすがと呼ぶ。

人は肉の器に魂が宿っているとされる。しかし妖怪は肉の器を持たず、ゆえに姿形が移ろいやすい。剝き出しの魂と変わりない妖怪たちにとって、己を己たらしめ、この世に留《とど》めてくれるのはよすがにほかならなかった。存在を支えるよすがが不足すればその妖怪は死ぬ。人で言うならば餓死と同じだ。人は己の体を保つために飯を食うが、妖怪は己の魂を保つためによすがを欲する。

厄介なのは、妖怪の数だけよすががあり、そのなかには人に害をなすものも存在するということだ。江戸で悪さをする妖怪は、よすがに突き動かされている者がほとんどであった。

弥六はたびたび、父・白仙のよすがについて考えていた。

父は、よすがのために〈白仙の乱〉を起こしたのだろうか。それとも、人と妖怪の間を取りなすことをよすがとしていたのだろうか。父の生きる理由は一体何だったのだろう。

——いや、今考えても仕方がないな。

「ぼろ布の妖怪が白うねりかどうかはさておき、少なくとも、お梅さんは妖怪を匿っているし、ぼろ布の妖怪は仇討ちをしようとしている。……放っておくわけにはいかない」

弥六は神妙な面持ちで前を見据えた。しかし、腹の音が響くやいなや、弥六の表情は普段のそれに戻っていた。

「今日はひとまず店じまいだ。腹が減って倒れそうだよ。駄賃で鮨《すし》でも買って帰ろう」

鮨と聞き、黒鉄は目の色を変えた。

「鮨か。鮨を買うのか」

「そう力むなよ。ちゃんとおまえの分も買うってば」

黒鉄の黒曜石のような瞳がギラギラと輝いている。この無愛想な天狗は鮨が好物で、とくにこはだのにぎりに目がないのだ。

「早く買いに行け。もたもたするな」

「はいはい。これではどちらが主人かわからないね」

弥六は苦笑し、大路へと歩をすすめた。黒鉄は途端に弥六の肩から離れ、近くの屋敷の屋根へと飛び移っていった。


翌日、弥六は再び菊之屋へと向かった。

今日は表に見張りの侍は立っておらず、怒鳴り声も聞こえない。弥六は普段の活気溢《あふ》れる菊之屋を想像しながら中へと入った。

しかし、弥六を迎えたのは寒々しい静寂であった。

客の姿はない。それどころか女中たちの姿もない。いつもは出汁《だし》の匂いが漂っているものだが、今日は線香のような臭《にお》いがあたりに満ちている。

弥六はなるべく足音を立てないようにして奥へと進んだ。中庭のほうへ行くと、そこには悩ましげに額を押さえるおときの姿があった。

「弥六じゃないのさ。何をしに来たんだい」

「昨日のことがあって、心配になり様子を見に来たのですが……何かあったのですか」

「あんたも間が悪いときに来ちまったねえ」

おときは顎を動かし、中庭のほうを示した。

竹藪《たけやぶ》の陰に見えるのは老緑《おいみどり》の羽織を纏《まと》った男だ。手に持っている札からは煙が立ち上っている。線香のような臭いの正体はあの札であろう。

弥六は思わず唾を呑《の》み込んだ。

竹藪にいる男は孔雀組の同心だ。破邪の札に火をつけ、煙の揺れ方でもって妖怪の気配を探っているのである。

弥六は咄嗟《とっさ》に辺りを見回した。今はからすに変化《へんげ》しているとはいえ、黒鉄は妖怪だ。孔雀組に見つかっては面倒なことになる。

——近くにはいないね……。

目に見えるところに姿はなかった。

「まったく、どこから嗅ぎつけてきたんだか。おかげで今日も店を閉める羽目になっちまったよ。おまけにこの臭いさ」

「とんだ災難でしたね。ところで、昨日彦左衛門様に打《ぶ》たれそうになっていた方はどちらに?」

「ああ、お梅だったら、お客さんに用事を頼まれていたとか言って、ついさっき出かけていったよ。あの子に何か用かい」

「いえ、大した用はないのですが」

客に用事を頼まれたというのは恐らく方便だろう。お梅は、孔雀組の同心がやって来たことを察し、店から逃げたのだ。

「あんた、なんだか様子が変だね」

突然、おときはぐいと弥六に顔を近づけた。思わず顔を背けようとした弥六であったが、おときに顎を摑まれ、僅かに首を動かすことしか叶《かな》わなかった。

「怪しいね。お梅のことを気にかけているみたいだし、何を知ってるんだい」

「何も知りませんよ。ただ、昨日のことが気になっただけです」

「嘘をお言いでないよ。知らないにしても、何か勘づいているんだろ。正直に言いな」

弥六は唇を噛み、視線を泳がせる。だが、おとき相手にごまかしは無駄だと悟り、観念して口を開いた。

「お梅さんは、何かを隠していらっしゃるのではと思いまして……。何かというのは、単刀直入に言うと、その」

「ぼろ布かい？」

弥六は躊躇《ためら》いがちにうなずいた。

「本当に、あんたは変なところで鋭いね。……ちょっとこっちにおいで」

おときに連れられ、板場の隅へと身を寄せる。おときは警戒するように辺りを見回してから、困り顔で腕を組んだ。

「信之介様が、よくうちにいらっしゃっていたって話はしただろ？　信之介様はお優しい方だったけれど、ちょっと変わったところもあってね」

「変わったところ、というと？」

「お守りだとかなんとか言って、汚いぼろ布をいつも持ち歩いていてね。しかも、体が丈夫になるだとか、安産がどうのとか言って、そのぼろ布をうちの女中たちに譲ろうとするのさ。あたしも話を持ちかけられたけど、丁重にお断りしたよ」

体が丈夫になる。安産。——白うねりの話を彷彿《ほうふつ》とさせる言葉だ。

「ぼろ布がお守りだなんて、そんな馬鹿な話を信じる奴はいやしないと思ってた。なのにお梅ったら、その話に食いついちまってねえ。昨日も言ったけど、お梅は昔から体が弱い性質《たち》だったから、藁《わら》にも縋《すが》る思いだったんだろうさ。そんなこんなで、二人はよく話をするようになってね。一寸好《ちょっとい》い仲だったよ。ここのところ、信之介様はどじょうを食いに来るというより、お梅に会いに来ていたような風だった」

「では、お梅さんはさぞ気落ちされているでしょうね」

おときは返事をしなかった。口元に手を当て、板場に置かれた包丁を凝《じっ》と見ている。

「おときさん？」

「あたしもそう思ったよ。お梅はきっとひどく落ち込むだろうなって。……でもね、信之介様のことを聞いても、お梅は泣きも怒りもしなかった。ただ一言、彦左衛門様がやったに違いないと言って、それきりでさ」

昨日、お梅が彦左衛門を睨んでいた理由が、すとんと腑《ふ》に落ちたような気がした。

お梅にとって彦左衛門は想い人《おもびと》の仇であったのだ。であれば、ぼろ布の妖怪を匿《かくま》っているのも納得がいく。お梅とぼろ布の妖怪は、同じ仇を持つ者同士だ。

「お梅はきっと、信之介様から何かを聞いていたんだろうね。でも、あたしら庶民がお上《かみ》に訴えたって聞き入れてもらえるはずもない。お梅は何事もなかったかのように振る舞ってた。信之介様のことを忘れようとしている風だったよ。だってのに」

「……彦左衛門様がいらしたんですね」

「そのとおりさ。一昨日《おととい》の晩、うちに駆け込んで来たときはぎょっとしちまったよ。しかも、ぼろ布の妖怪に襲われたときたもんだ。嫌でも勘ぐっちまう」

「勘ぐる？」

「お梅が妖怪を使って、仇を討とうとしたんじゃないかって」

「妖怪がどうかしたか」

　突然、目の前に札が現れ、おときはひゅっと短く息を吸い込んだ。

　いつの間にか、おときの背後に孔雀組の同心が立っていた。先ほど竹藪にいた男とは別の者だ。落ちくぼんだ目の奥には刃物のような鋭さが宿っている。

「なんでもございませんよ。何用でございましょう」

「この小僧をまだ検分しておらぬ」

「弥六を疑ってらっしゃるんですか！　確かに妖《あや》しいほどの色男ですけどね――」

「おときさん、わたしはかまいませんよ。……さ、お役人様」

　弥六は男をまっすぐに見据え、両腕を広げた。

「検分いたす」

　孔雀組の男は仮面のような無表情で弥六の顔の前に火のついた札を掲げる。弥六と男は立ち上る煙を挟んで視線を交わした。穏やかな笑みを浮かべてはいる弥六だが、心《しん》の臓がばくばくと音を立てている。

しかし検分のあいだ、煙は終《つい》ぞ揺れることがなかった。

「うむ。妖怪ではないな」

札が下げられる。弥六は静かに息を吐いた。

「ところでそなた……どこぞで会ったことはあるか。そなたの顔……いや、顔ではないな。背格好に見覚えがある」

「わたくしは上野の禅寺で寺男をしておりますので、そちらでご覧になったのでは」

「上野の寺か。滅多に足を運ばぬが……まあよい」

男は踵《きびす》を返し、無表情のまま立ち去っていった。

「本当に陰気な連中だね。火盗改もいけ好かないけど、孔雀組はもっといけ好かないよ」

「そう言わずに。孔雀のお役人様はわたしたちを守ってくだすってるんですから――」

遠くでからすの鳴き声が聞こえた。黒鉄だ。

――孔雀組が近くにいるのに、どうして鳴いたりなんか……。

弥六はハッとして格子窓に視線をやった。

今、見られていたような気がした。いや、気のせいではない。確かに何者かがいたのだ。

「なんだい、虫でもいたかい？」

おときが体を左右に揺らし、格子窓のほうを見やる。

「……気のせいでございましょう」

強い風が窓の格子を揺らす。その音に合わせて、土を踏む音が遠ざかっていった。


品川《しながわ》にある料亭『紅笹《べにざさ》』の座敷で、片桐彦左衛門は落ち着きなく身を揺すっていた。酒と料理にはほとんど手をつけず、代わりに紫煙ばかり燻《くゆ》らせている。血走った眼《め》は、まるで何かを探すように左右へと泳いでいた。

「片桐殿」

襖戸《ふすまど》の向こう側から低い声があった。彦左衛門は戸のほうに視線をやり、「入れ」と一喝する。姿を見せたのは、月代《さかやき》と無精髭《ぶしょうひげ》が伸び、よれた小袖を身に纏《まと》う長身瘦軀《そうく》の浪人だった。

「ぼろ布は見つかったか」

浪人は首を横に振る。

「必ず探し出せ！　いかなる手段を使ってもかまわん」

「片桐殿、やはり孔雀組に頼ったほうが良いのではござらぬか」

「ならぬ。あの妖怪はわたしが兄を殺《あや》めたことを知っている。それが万が一孔雀組の耳に入れば事だ」

「しかし、仮に妖怪を捕らえたところで、我々では退治のしようがござらぬ」

「そんなもの如何様《いかよう》にもなる。言い訳はよい。とにかくぼろ布を見つけて参れ」

浪人は不服そうに頭を下げ、去っていった。

「どこへ隠れた、妖怪め。絶対に逃さぬぞ……」

彦左衛門は苛立《いらだ》たしげに煙管《キセル》の吸い口を噛む。虚空を睨《ね》めつけるその目には並々ならぬ憎悪が宿っていた。

彦左衛門は幼少の頃より妖怪を心底憎んでいた。

亡き母・お幸《こう》は妖怪が見える性質《たち》だった。兄の信之介はその血を色濃く受け継ぎ、よくお幸と共に汚れた布に話しかけていた。彦左衛門はそんな二人の背を遠くから見て育った。

信之介は体も弱く、剣の才もない、ただ妖怪が見えるだけの男であった。対する彦左衛門は剣の腕も立ち、頭もよく回る。彦左衛門はかねてより、家督を継ぐのは兄ではなく己だと信じて疑わなかった。

〈白仙の乱〉の後、お幸の肩身はみるみる狭くなった。妖怪に与《くみ》する者が罰せられるようになった以上、妖怪が見える者を置いておくのは片桐家にとって害である。お幸は「今後一切妖怪とは関わらない」と誓ったが、風当たりは強くなるばかりだった。とりわけ、姑《しゅうとめ》であるお栄《えい》からの非難は相当なものであった。

お幸が死んだのが一年前のことだ。まったく病気をしない健勝な女だったのに、感冒をこじらせあっさりと逝った。おそらく何者か――お栄あたりが毒を盛らせたのであろう。

悲しくはなかった。片桐家に仇なす者が一人減ったとしか思わなかった。

一方で信之介はすっかり塞《ふさ》ぎ込み、本所の長屋に移り住んだ。彦左衛門はこれ幸いと己を跡継ぎに推し、宗治郎もとうとう首を縦に振った。

それで終わっていればよかったのだ。しかし、そうはならなかった。

三月《みつき》ほど前、彦左衛門はとある噂を耳にした。その噂とは「信之介が料理屋でぼろ布を見せびらかしている」というものであった。信之介は、あのぼろ布の妖怪を未《いま》だに手放していなかったのだ。

その話を聞いたとき、彦左衛門の内で燻《くすぶ》っていた兄への憎悪が一気に燃え上がった。妖怪なぞいなければ、母は己を見てくれたに違いない。ぼろ布を撫《な》でていたあの白い手で、己の頭を撫でてくれたに違いない。信之介が妖怪の見える性質《たち》などでなければ、己は二人の背を遠くから見て過ごすこともなかったのだ！

彦左衛門は浪人を幾人か雇い、物盗りの仕業に見せかけ信之介を殺めた。口にぼろ布を詰め込ませたのは、「ぼろ布がお前を死に追いやったのだ」という当てつけであった。

四日後、浪人らと再び顔を合わせ、適当な無頼《ぶらい》を下手人に仕立て上げる算段について話した。その帰り、突然ぼろ布が彦左衛門の顔に張りついた。慌てて引き剝がそうとした彦左衛門であったが、ぼろ布は僅かにも動かない。彦左衛門は咄嗟《とっさ》に、幼少の頃兄から教わった退魔の呪文《じゅもん》を唱えた。ぼろ布はたちまちに離れ、切れ端を残してひらひらと木塀の内へ滑り込んでいった。

ぼろ布が信之介の仇を討ちに来たのだと気付いたとき、彦左衛門の内に湧《わ》き起こったのは恐怖ではなく憤怒《ふんぬ》であった。

すべての元凶はあの妖怪だ。奴さえいなければ、母が死ぬこともなかったし、兄を手にかけることもなかった。

奴を生かしておくわけにはいかない。必ず、己《おの》が手で始末をつける。

「──片桐殿」

先ほどとは違う声が襖戸の奥から聞こえた。

彦左衛門は己を落ち着かせるべく大きな溜息をつき、「入れ」と返事をする。現れたのは陰険な顔つきの侍だ。

侍は軽く会釈をして彦左衛門のそばに寄り、何やら耳打ちをしてみせた。

「……まことか」

「はい。先ほど菊之屋で耳にした話にございます」

「なるほど。それは好都合だ。秘密を知る者はみな始末せねば」

彦左衛門はぎらりとした目つきで虚空を見やった。

菊之屋で孔雀組の同心に遭遇してから、おおよそ半日が経った頃である。

子《ね》の刻（午後十一時半）ともあって町はすっかり静まりかえり、木々の揺れる音が聞こえるばかりだ。

弥六は太福寺の屋根にしゃがみ込み、凝《じっ》と前を見据えていた。普段の作務衣《さむえ》姿とは違って、今の弥六はまるで忍者のような出《い》で立ちだ。月明かりを背に受けてもなお、漆黒《しっこく》の姿は闇夜《やみよ》に紛れている。

寝間では弥六の代わりに妖怪——豆狸《まめだぬき》の玉吉《たまきち》が床に入っていた。豆狸は自身のふぐりを引っ張って被《かぶ》り、あらゆるものに変化《へんげ》する妖怪だ。いびきをかくのが玉に瑕《きず》だが、豆狸が影武者を務めてくれているおかげで、弥六は天暁に気付かれず床から抜け出すことが叶っている。

——戻ってきたね……。

鳥の風切り音がする。弥六はすらりと立ち上がり、右腕を横にして胸の前に持ち上げた。

一拍おいて、黒鉄が弥六の手首にとまった。

「お前の読みどおり、お梅とかいう女中は両国《りょうごく》へ向かった」

「やはりね。両国には片桐家のお屋敷がある」

「仇討ちをしたいというのなら、好きにやらせればよいだろうに。お前に仕えていると面倒事ばかりだな」

弥六はふっと笑うと、面をつけた。

「退屈しないだろ?」

打って変わって、低い声である。狐面の口に当たる部分が複雑な形の空洞になっており、つけたまま口を開くと声が籠もって低く聞こえるのだ。

弥六は寺の屋根から飛び降り、すかさず黒鉄の足を摑んだ。烏天狗である黒鉄は、からすの姿であっても百貫(約三百七十五キログラム)ほどまでならば難なくぶら下げて飛ぶことができる。一人と一羽の姿は、あっと言う間に夜の闇に溶けて消えた。

人気のない道を、一人の女が辺りを気にしながら歩いていく。

雲が動き、月は隠れた。菊之屋から提灯《ちょうちん》を拝借してきたものの、暗闇を払うほどの灯りではない。せいぜい足元を照らすくらいである。

両国の、武家屋敷が建ち並ぶ通りであった。昼ですら人通りの少ない道だ。

——もう、後戻りはできない……。

菊之屋の女中・お梅は腹に手を置いた。帯の中に隠した白うねりが僅かに動いた。

白うねりと初めて会ったのは、桜がまだつぼみのころだったように思う。

お梅は生来、体の弱い性質《たち》だった。特に月のものの時は調子を崩しがちで、たびたび奉公先から暇を出された。なので、信之介からお守りの話があったとき、お梅は一も二もなく首を縦に振った。ぼろ布を持っているだけで具合が良くなるのなら、そんなありがたいことはない。

渡されたのは本当にただのぼろ布だった。お梅は半信半疑で布を帯の中にしまい、一日を過ごした。その日は体が軽く、夕方には久しぶりに一日働いたあとの心地よい疲れを感じた。しかし夜になって、ぼろ布は竜の形となって動きだし、しゃべりだしたのだ。

「お前さん、随分と具合が悪そうな面《つら》をしてやがるねぇ。俺様好みの女だ」

竜の形をしたぼろ布は、そんなことを言ってからからと笑った。お梅はあまりのおそろしさに声も出せなかった。

「ま、聞いておくんな。俺様は白うねりって妖怪なんだがよ、前の主人がくたばっちまって、新しい主人を探してんだ。お前さん、俺様が見えてんだろ？　だったらなおさらいい。俺様の主人になっちゃくれねぇか」

「そんなのごめんよ。ほかをあたってちょうだい。そもそも、あんたの主人は信之介さまでしょ」

「あいつは男だろ。俺様の主人になれるのは女だけだ。俺様のご先祖さまは女の守り神だったみてえでな。俺様も女の病や、具合が悪いのを治してやるのがよすがなんだ」

お梅はわずかに目の色を変えた。

「あんたは、具合が悪いのをなんでも治してくれるの」

「なんでもというわけにゃいかねえが、軽い病ならちょちょいのちょいだ。現にお前さん、今日はいつもより具合が良かっただろ？」

白うねりの言うとおりだった。だが、翌日、お梅は店にやって来た信之介に白うねりを返した。調子が良くなるという話には惹《ひ》かれるが、妖怪を孔雀組から隠し通せる自信がなかった。

「では、時折でいい。こいつをそばにおいてやってくれないか。普段はわたしが世話をするから」

信之介はそう頼み込んできた。お梅は「それくらいなら……」と首を縦に振った。

それ以来、信之介はたびたび菊之屋に足を運び、やがて二人は好《い》い仲になっていった。武家の長男と料亭の女中だ、夫婦《めおと》になるなど万に一つもありえない。それでもよかった。白うねりと楽しそうに話す信之介を見ていると、満ち足りた気分になった。

そうして仕合わせな気持ちで桜が散るのを見送り、葉桜を迎えたころ、信之介は何者かに斬られ、ぼろ布を口に詰め込まれて殺された。同時に、白うねりの行方もわからなくなった。

お梅の胸の内はすっかり空っぽになった。信之介に白うねり、大切な存在を一度に失ったのだ。夜もまったく眠れなくなり、床の中で涙を流す日々であった。

再び白うねりがお梅の前に現れたのは、一昨日の夜中だ。離れの客に酒を出し、板場へ戻ろうとしたとき、聞き覚えのある声がお梅を呼び止めた。

「悪《わり》ぃ、お梅。匿《かくま》ってくれねぇか。下手《へた》をうっちまった」

白うねりだった。脚にあたる部分が破けており、上手《うま》く飛べずにいる。お梅は一瞬ためらったが、辺りに人気がないことを確かめ、白うねりを懐に押し込んだ。

「一体どうしたっていうの」

「彦左衛門だ。あの男が信之介を殺したんだ。絶対に許さねえ、仇を討ってやる」

彦左衛門が菊之屋へ駆け込んできたのはその直後であった。

お梅は心底悩んだ。妖怪に与《くみ》する者はいかなる理由であれ孔雀組に処される。妖怪と手を組んで仇討ちなどしようものなら、打ち首は免《まぬが》れない。

だが、お梅は白うねりを手放さなかった。己の身より仇を討つことを選んだのだ。

「――震えてんのか」

白うねりが帯の隙間から顔を覗《のぞ》かせる。ぼろ布で出来た竜の顔は、確かに怒りを湛《たた》えているように見えた。

「一寸《ちょっと》冷えるだけ」

「冷えは万病の元だ。帰ったら温かくしろよな」

無事に帰れないかもしれないのに——お梅はその一言を呑み込んだ。

「口うるせえって顔だな。お幸にもよく言われたもんだ。妖怪のくせに人の心配をするたぁ変な奴だって……おっと、止まってくれ。この辺りだ。俺様の脚の臭いがぷんぷんしてらぁ」

言われたとおりお梅は足を止めた。道の両側には背の高い塀がそびえ立っている。暗く、不気味な雰囲気だ。

「お梅。塀の向こう側に俺様を投げ入れてくれ。そうしたらよ、お前はとっとと帰れ」

「なに言ってるの。うまく飛べないってのに」

その時、闇の中から二人の男が姿を見せた。

「誰ッ」

お梅は慌てて振り返り、一歩、二歩と後退していく。どうにか逃げ道を探したが、反対の道からも男が二人現れ、お梅はすっかり囲まれてしまった。

「女め。やはり貴様が盗人であったか」

現れたのは片桐彦左衛門と、刀に手をかけている侍たちであった。

「待ち伏せてやがったのか。……お梅、あとは俺様がやる。お前はさっさと逃げなぁ！」

「でも！」

「でももへちまもあるかよ！　……信之介の仇だ、食らいやがれ！」

白うねりはお梅の帯から飛び出し、彦左衛門の顔に張りつこうとした。だが、顔に触れた刹那、ばちんという派手な音と共に白うねりは弾《はじ》かれてしまった。

「念のため、護符《ごふ》を忍ばせておいたのは正しかったようだ」

彦左衛門は白うねりを摑み、目一杯の力で握りしめる。

「人に仇《あだ》なす不届き者め。貴様はわたしが手ずから殺す。欠片《かけら》もこの世には残さぬ」

「ふざけんじゃねえ、てめえこそあの世で信之介に詫《わ》びやがれッ」

白うねりは怒鳴った。だが彦左衛門の耳には届いていないようだった。

「女を始末しろ。騒がれては面倒だ」

侍たちは刀を抜き、お梅ににじり寄った。

「お梅、何してやがんだッ。さっさと逃げねぇか！」

なんとか足を動かしたお梅であったが、体はすっかりすくみ上がっており、せいぜい後ろに下がることしかできない。土塀の裾をかかとに感じる。逃げ道はない。

「畜生、やめろ。やめやがれッ。お梅は何もしてねぇ」

白うねりの声が夜に響く。しかし皮肉なことに、その声はお梅にしか届いていない。ほかの者は妖怪が人を庇《かば》おうとしているなど露《つゆ》にも思っていないだろう。

侍のうち一人が刀を振り上げる。月の光を受け、刃が冷たく輝く。

お梅は己の死を悟り、ゆっくりと瞼《まぶた》を閉じた――瞬間。

「え？」

何か大きなものが降ってきた。

おそるおそる片目を開ける。真っ先に目に入ったのは何者かの後ろ姿だ。黒い装束《しょうぞく》の華奢な人物が侍の前に立ちはだかっている。

侍たちは呆然としていた。そんななか、いち早く我に返ったのは彦左衛門であった。

「貴様、まさか、狐小僧……！」

その一声でほかの者たちも我を取り戻し、刀を構え直した。黒ずくめの人物も腰の裏に備えた脇差《わきざし》を抜き、中段に構える。

「本所での殺し、お前の仕業だな。片桐彦左衛門。妖怪に罪を着せて己《おの》が兄を殺めるとは。恥を知れ」

彦左衛門の顔がみるみる赤くなる。白うねりを握りしめる拳《こぶし》は、よほど力が入っているのか血の筋が浮き上がっていた。

「こやつを始末せよ！」

その声を皮切りに、侍たちは狐小僧へ襲いかかった。

大柄の侍が上段に振り上げざま、袈裟に斬り込む。狐小僧はそれをひらりと躱《かわ》し、侍の顎を下段から斬り上げた。顎からは血の一滴も零《こぼ》れることはなかったが、大柄な体軀《たいく》は二間《けん》（約三・六メートル）ほど先まで吹っ飛んでいった。

「おおっ！」

瘦身《そうしん》の侍が気合いを発し、狐小僧の肩口へと斬り込む。

狐小僧はその斬撃を脇差で受け止め、鍔迫《つばぜ》り合いの格好のまま侍を反対側の塀まで押しやった。瘦身の侍は渾身《こんしん》の力で狐小僧を押し返そうとする。しかし力及ばず、柄当《つかあ》てを腹に食らってその場に頽《くずお》れた。

残る一人は動揺の色を顔に浮かべながら、刀を青眼《せいがん》に構え、狐小僧との間合いをはかる。

狐小僧も刀を構え、足裏を摺《す》るようにして右手へと動いていく。

「ヤアッ！」

先に仕掛けたのは侍のほうだった。狐小僧の胴を払うべく、刀を横薙《よこな》ぎに振るう。

狐小僧は手首を返して横合いからの斬撃を受けたかと思うと、そのまま力任せに刀を翻《ひるがえ》し、相手が蹌踉《よろ》めいたところに蹴りを見舞った。侍は真後ろに吹っ飛び、白目を剝いて塀をずるりと滑り落ちていった。

「な、なんだと……」

彦左衛門は後ずさった。だが踏みとどまり、白うねりを左手に摑んだまま刀を抜いた。

「おおおおおッ」

獣じみた声を発し、彦左衛門は上段から斬りかかった。

狐小僧は右に体《たい》を開いて敵刃を躱し、彦左衛門の頸《くび》に一撃を叩き込む。グワッ、と短い悲鳴を漏らし、彦左衛門は白目を剝いて地面に倒れた。首と胴は繫《つな》がったままであった。

「あ、あ……」

お梅はその場にへたり込んだ。

今にも気を失いそうなお梅をそのままに、狐小僧は脇差を鞘《さや》におさめ、彦左衛門の手から白うねりを引っ張り出す。

「お前さんが噂の狐小僧かよ」

狐小僧は何も言わない。顔の前に白うねりをぶら下げ、凝《じっ》と見つめるばかりだ。

「俺様を退治するってんなら好きにしやがれ。けどよ、その前に仇討ちだけはさせてくれ。彦左衛門の野郎が生きてるとあっちゃ、あの世で信之介に顔向けできねぇ」

「お前を退治したりはしない」

「そうかい、そいつはありがてぇや。なら早いところこの手を放して……」

「だが、この者も殺させない」

白うねりの口から「は」と声が漏れる。

「ふざけんな！　こいつは俺様の友を殺した。しかもな、俺様に罪をなすりつけて殺しやがったんだ。この手で地獄に送ってやらなきゃ気が済まねぇ」

「この者を殺せば、本当に人殺しの妖怪となるぞ。お前の主人はそれを望んでいたのか？」

「どういうことでぃ」

「お前は女の守り神を祖とする、誇り高い龍であろう」

白うねりは急に押し黙ると、負けたと言わんばかりにうなだれた。

狐小僧はお梅へと向き直る。

お梅はこの段に至ってようやく狐小僧を正面から見ることが叶った。噂のとおり、狐の面をつけている。細く吊《つ》り上がった目と、耳元まで口が裂けた面は、暗がりの中で目にするとひどく不気味であった。

「お前は、どうしたい」

その体軀に見合わぬ、低い声である。

「どう、とおっしゃいますと……」

「仇討ちを望むか」

お梅は唾を呑み、倒れている彦左衛門を見た。

白うねりを預かってから、生まれて初めて思いっきり走ることができた。重いものだって一人で運べた。突然のめまいに襲われることもなかった。なんでもできると、心の底から思えた。

体の具合がいいと告げたとき、信之介も白うねりも、まるで己のことのように喜んでくれた。妖怪と関わってしまったことは怖《おそ》ろしかったけれど、信之介の笑顔を見てしまってはもう何も言えなかった。

あの笑顔を奪った彦左衛門が憎い。この手で殺してやらなければ気が済まない。

けれど、信之介が望んでいるのは仇討ちなどではなく、白うねりが高潔な妖怪であり続けることに違いないのだ。そして、今ではお梅にとっても白うねりは大切な友であった。

「わたくしは……」

狐小僧に摑まれている白うねりは、だらりと手を垂らし、情けない顔でお梅の返答を待っている。布で出来た竜には眉などないのだが、なぜかそのように見えるのだ。

その人間くさい姿を見て、お梅は苦笑を浮かべた。

「もう、十分でございます」

「そうか。……では、これを」

狐小僧は突然手を放し、白うねりをお梅に渡した。そのまま踵《きびす》を返し、倒れていた侍らを集め、彦左衛門と共に麻縄で縛り上げる。

「その妖怪はお前に任せる。共に生きてもいいし、手放してもいい。もし共に生きるというのなら、孔雀組には気をつけることだ」

鳥の羽音が夜空に響いた。羽で風を切る音がどんどん近くなる。狐小僧はそれを待っていたかのように空を見上げ、麻縄の端をぐいと持ち上げた。

「お待ちください！　あなたさまは、一体」

狐小僧は空いているほうの腕を上げ、

「ただの狐だ」

そう言い残して宙に浮かび、ぶら下げられた彦左衛門ら諸共《もろとも》、あっと言う間に夜の闇に消えていった。


北町奉行所に縛られた片桐彦左衛門と浪人らが放り込まれてから二日後。

弥六は本堂と庫裡《くり》を繋ぐ渡り廊下に座り込み、うつらうつらと船を漕《こ》いでいた。膝にはすねこすりが三匹かたまっている。

今朝の飯は薄揚げと葱《ねぎ》の汁に、芋《いも》を甘辛く煮たもの、たくあんに粒の立った白飯であった。今日は普請《ふしん》の手伝いへ行くつもりで、いつもより多く飯を食ったせいか、眠たくて仕方がない。弥六が少しでも眠気を感じると、すねこすりたちがどこからともなく現れて膝に乗ってくる。そうなると眠気はさらに増すばかりで、もうお手上げである。

普請の仕事となると、昼前には出かけなければならない。こんなところで寝ている場合ではないのだ。ないのだが――。

「お前はまたうたた寝をして。いい加減にしなさい！」

頭上から一喝があった。

弥六は驚きのあまり身を撥《は》ね上げ、すねこすりたちは膝から飛び退《の》いていった。

「和尚様。突然大きな声を出さないでくださいい、心の臓が飛び出るかと……」

「この程度で飛び出ていたら心の臓がいくつあっても足りないよ」

腕を引っ張られ、よろよろと立ち上がる。立ってもなお眠気に打ち勝てずにいた弥六であったが、再び天暁に一喝され、慌てて背筋を伸ばした。

「ああ、そういえば……」

天暁は袖に両腕を差し入れ、不機嫌そうな面持ちで口を開く。

「本所での殺し、やはり縛られたまま北町奉行所に投げ込まれた連中の仕業だったようだよ。武家の次男が、家督欲しさに浪人を使って兄を殺《あや》めた……というのが事のあらましのようだ」

「妖怪の仕業などという噂も流れておりましたが、違ったようでございますね」

「わたしはハナから人の手によるものと踏んでいたよ。妖怪は紙入れなぞ盗ったりしないだろうからね」

天暁は得意げな顔をした。

「みな、噂に踊らされすぎたのだよ。おときの奴は狐小僧が浪人どもを捕らえたに違いないと言っているけれど、またぞろ、読売が適当なことを言ったのだろう」

随分と忌々《いまいま》しげな口ぶりであった。

天暁は狐小僧が話題になり始めた頃から好きではなかったようだが、「狐小僧は妖怪かもしれない」という噂が流れ始めてからは、露骨に嫌うようになった。妖怪嫌いの天暁にとって、妖怪かもしれない狐小僧が活躍し、人々にもて囃《はや》されるのは許しがたいことなのだろう。

「妖怪退治に加え、奉行所のお手伝いなど、ご苦労さまでございますね。もしかすると、狐小僧もわたしと同じく寝坊助《ねぼすけ》かもしれません」

「狐小僧の正体は妖怪だそうではないか。そんなものと一緒などと、口が裂けても言うものではない」

言うだけ言って、天暁は去っていった。

「……そんなもの、か」

繕《つくろ》った笑顔がかすかに崩れる。胸の裡にひやりとしたものが広がった。

「また叱られたのか」

いつの間にか渡り廊下の端を一羽のからすがぴょんぴょんと飛び跳ねている。

「和尚様の妖怪嫌いは相変わらずだ。それはそうと、どうだった。朝の見廻りは」

「いつもどおり、狐小僧の話でもちきりだ。毎晩毎晩江戸の町を駆けずり回って……よほどの暇人なのだろうな」

「まったくだね」

弥六は口元を押さえ、したり顔でうなずいた。

第二話◆蟹坊主《かにぼうず》

今にも一雨きそうな、どんよりとした空である。

弥六《みろく》は障子戸の隙間《すきま》から外の様子を眺めつつ、椀《わん》に口をつけた。今日の朝餉《あさげ》はきんぴらごぼうに芋《いも》がらの汁、まぐろのきじ焼きにたくあんだ。ふっくら焼き上げたまぐろのきじ焼きは、例によって、弥六のためだけにこさえられたものである。

朝餉の後は日暮里《にっぽり》へ普請《ふしん》の手伝いをしに行く予定なので、いつもよりも飯を一杯余計に食べるつもりだった。骨女《ほねおんな》のおいよも、おかわりを期待して部屋の隅でそわそわしている。

一羽の黒い鳥が障子戸の隙間から入り込んできた。烏天狗《からすてんぐ》の黒鉄《くろがね》である。

「すでにぽつぽつときているぞ。半刻《はんとき》もしないうちに本降りになりそうだ」

黒鉄は翼をばたつかせてから、ぴょんぴょんと弥六のほうへ近づいた。嘴《くちばし》でくわえているのは雨で湿った読売《よみうり》だ。

「めずらしいね、こんなものを持ってくるなんて」

「飛ぶように売れていたものでな。一枚、頂いてきた」

「どれ……」

箸《はし》を置き、読売を手に取る。

真っ先に目についたのは「狐小僧《きつねこぞう》、やはり妖怪か」という一文だった。傍《かたわ》らには狐面《きつねめん》をつけ、大きな羽を生やし、片手で鬼を捻《ひね》り上げる大男の絵が描かれている。逞《たくま》しい腕と脚には毛が生え、面から覗《のぞ》いている唇はめくれ上がっており、もはやどちらが鬼かわからない。

「狐小僧は七尺（約二メートル十二センチ）三十貫（約百十二キログラム）の大男で、鷲《わし》のような翼を持ち、口から火を噴き、目から稲妻を放つ……。よくもまあ、あれこれと思いつくもんだよ」

「笑いごとではないぞ。このまま噂《うわさ》が広まれば、孔雀組《くじやくぐみ》も重い腰を上げざるを得まい」

黒鉄の懸念《けねん》も一理ある。

今のところ、孔雀組は狐小僧を「妖怪ではない」と考えているようで、盗賊を取り締まる火付盗賊改方《ひつけとうぞくあらためかた》に対処を任せている。だが、民衆の間に「狐小僧は人を助ける良い妖怪」という認識が広まれば、孔雀組も黙っていられないだろう。

「とは言ってもなあ。狐小僧は四尺八寸（約百四十六センチ）しかありませんと広めて歩くわけにもいかないし」

「身の丈などどうでもいい。とどのつまり、狐小僧は人であるという噂が流れればいいわけだ。あのお喋《しゃべ》りな女に広めさせてはどうだ」

「お喋りな女って、もしかしておときさんのことかい？　だめだよ。おときさんは狐小僧が妖怪だって信じ切ってる」

「ならば、小うるさい茶汲《ちゃく》み女はどうだ」

「まつなんて余計にだめだって」

まつとは上野にある茶屋の娘で、弥六の幼なじみだ。この時世にめずらしく大層な妖怪好きで、ここのところは狐小僧に熱を上げている。決して表には出さないが、楽しげに妖怪の話をするまつに、弥六は随分と救われていた。

ふいに、縁側から足音と衣擦《きぬず》れの音が聞こえてきた。天暁《てんぎょう》である。

弥六は慌てて読売を懐《ふところ》へ押し込み、飯を掻《か》っ込んだ。黒鉄は土間から外へと飛んでいく。

「弥六や、朝餉は済んで……おや、随分と気持ちのいい食いっぷりだね。喉を詰まらせないようにするのだよ」

障子戸の隙間からひょっこりと顔を覗かせた天暁は、満足そうにうなずいた。

「ところで、いまさっき狐小僧とかなんとか言っているのが聞こえたけれど――なんだい、その顔は」

弥六の顔色が変わったのを察したのか、天暁は障子戸を開いて部屋へと入ってきた。すねこすりたちが足に絡《から》みついてるが、気付く様子はまったくない。天暁は筋金入りに見えないので、おいよや黒鉄のような化《ば》けた妖怪でなければ目にすることができないのだ。

「まさかお前まで狐小僧に熱を上げているのではないだろうね」

「違いますよ。ええと……坊主！　ここのところ、坊主が何者かに襲われているではありませんか。狐小僧であれば賊を退治してくれるのではないかと、そのように話していたところでして。……ね、おいよさん」

おいよは興味がなさそうにうなずいた。青白い顔には「そんなことより早く飯をおかわりしてくださいまし」と書いてある。

坊主がたびたび襲われているというのは本当であった。

十日ほど前、芝《しば》にある寺の坊主が突然何者かに拳《こぶし》で打たれ、怪我《けが》を負った。寺社奉行から派遣された検使《けんし》は物盗《ものと》りの仕業とみたが、何も盗まれておらず、賊の行方もわからずじまいであった。その二日後、今度は本所の寺で同様の事件が起きた。その後も襲撃は続き、十日のあいだで七人もの坊主が被害にあった。

人々の間では「妖怪の仕業ではないか」という噂がまことしやかに囁《ささや》かれており、その噂を受けて、孔雀組も秘密裏に動きだしているという。

「まったく、みな口を揃《そろ》えて狐小僧、狐小僧と……。妖怪かもしれぬ者をもて囃《はや》すなんて、一体何を考えているんだい」

天暁は嘆かわしいと言わんばかりに頭《かぶり》を振る。

おいよがむっとした視線をよこしてきたので、弥六は苦笑いを返した。

「先ほども青菜売りが噂していたよ。狐小僧は七尺もある大男で、翼が生えていて、口から火を噴くのだとか。妖怪に与《くみ》する者は処される時世に、そんなものをありがたがるなど」

「町の者たちは孔雀組のやり方に嫌気が差しているようですからね。同じ守り手であれば、孔雀より狐のほうがよいのでしょう」

「同じ、ねぇ。かつて白仙《はくせん》の乱を起こした妖怪も、江戸を守るなどと宣《のたま》って公方《くぼう》様に大層信頼されていたそうではないか」

胸の奥がちくりと痛んだが、顔には出さなかった。

「いいかい、弥六や。妖怪とは関わるべきではない。人と妖怪は、そもそも住む世が違うのだよ」

天暁の言っていることは、間違いではない。人と妖怪が関わり合うことで争いが生まれるのであれば、関わらないのが一番よいのだ。そうすれば憎み合うことも殺し合うこともなくなる。

だがそれを認めてしまっては、かつて父が志《こころざ》し、いま己《おのれ》が成さんとしていることが否定されてしまう。大妖怪・白仙は、人と妖怪が互いを助け、手を取り合って暮らしていける世を望んでいたはずなのだ。

「もし。天暁和尚《おしよう》はおられるか」

外から男の声が聞こえた。

おいよは土間へと降りていき、二言三言話をしてから男を招き入れる。訪ねてきたのは黒い直綴《じきとつ》を纏《まと》い、紫紺《しこん》色の絡子《らくす》を首から提げた、五十がらみの小柄な坊主であった。

「これは慈空《じくう》和尚。随分とお久しぶりでございますね」

天暁はにわかに表情を明るくし、坊主の元へと駆け寄る。一方で、慈空と呼ばれた坊主はにこりともせず、凝《じつ》と天暁を見据えた。久方ぶりの再会を喜んでいるようには見えない。

「お一人でございますか？　供もつけずにこのようなところへいらっしゃるなど、一体どのような用向きで」

「どうしても話しておきたいことがあってな。今、かまわぬか」

「もちろんでございます。どうぞこちらへ……」

天暁は慈空と共に客間のほうへと歩いていった。客間というと聞こえはいいが、実際には土間から一番遠い部屋というだけである。普段は書院として使われており、天暁がよく書き物をしている。

足音がすっかり遠ざかった頃、黒鉄が再び部屋の中へと戻ってきた。

「見慣れない坊主だな。何者だ」

「わたしも初めて見るよ」

「面倒事にならなければよいがな。……骨女。茶を出しに行かなくていいのか」

おいよは「余計なことを言うな」と言いたげに黒鉄を睨《にら》んだ。

「茶の用意は、坊ちゃんのお食事が済んでからいたします。そろそろ茶碗《ちゃわん》が空になる頃合いでございますから……」

「飯くらい自分でよそわせればよいだろう」

「まあ、なんて言いざまでしょう。坊ちゃんに飯をよそってさしあげるのは、わたくしの一番の楽しみでございますのに」

おいよはもう辛抱ができないと言わんばかりに飯びつを引き寄せる。

だが、弥六は茶碗に残っていた飯を掻っ込み、汁物を飲み干すと、箸を置いた。

「ごちそうさま。今日も美味《おい》しかったよ」

「坊ちゃん、どうなさったので？　まだ六杯目でございますよ」

「慈空和尚というお方のことが気になってね。一寸《ちょっと》盗み聞きをしてこようと思って」

「そんな。今日は普請の手伝いをしに行くから飯は八杯食べると、先ほどそう言いなすったじゃありませんか」

「ごめんよ。夕餉のときに沢山食べるから、許してくれ」

おいよに何度も頭を下げ、弥六は足音を立てぬよう客間へと向かった。背後から「あんまりでございますぅ」と怨嗟《えんさ》の声が聞こえてきたが、振り返りはしなかった。

弥六は庫裡《くり》の外へ出て、壁に空いた小さな穴から中の様子を窺《うかが》った。穴は以前掃除をしていたときにうっかり空けてしまったものだ。

天暁と慈空は狭い客間の真ん中で膝《ひざ》を突き合わせていた。

「そなたもすでに耳にしておろうが、ここのところ坊主が相次いで何者かに襲われておる。昨日も浅草の慧安寺《けいあんじ》で坊主が頭をぶたれた」

「聞き及んでおります。禅寺《ぜんじ》の僧ばかり狙われているのだとか」

「うむ……。実は、一昨日《おとつい》の晩、我が寺の年若い僧も何者かに肩を打たれてな。夜更《よふ》けに目覚めて雪隠《せっちん》へ行こうとしたところ、背後からやられたのだそうだ。肩の骨がはずれ、肉が削《そ》げておった」

「なんと」

「検使は物盗りの仕業であろうと申しておったが、拙僧はそうは思わぬ。坊主を殴打するのみで、なにも盗んでいかぬ者を物盗りとは言わぬであろう。肩の肉を削ぐほどの膂力《りょりょく》といい、人の仕業とは思えぬ」

「やはり、噂のとおり妖怪の――」

　慈空は一層険しい顔つきとなり、身を乗り出した。

「天暁よ。これより先のことは、検使には話しておらぬ。知っておるのは我が寺の――それも限られた者のみだ」

「と、申しますと」

「襲われた若い僧は、悪鬼悪霊《あっきあくりょう》の気配を感じることができる者でな。いわく、賊は袈裟《けさ》を身につけ、警策《けいさく》を手に持ち、問答のようなものをしかけてきたという」

　警策とは座禅の際に修行者の肩を叩《たた》く棒状の板のことだ。弥六も掃除を怠《なま》けて寝こけているときなどに、よく天暁から警策をいただいている。

「それともう一つ。賊は、そなたの名を幾度も口にしていたというのだ」

　――なんだって……？

　弥六はじわりと目を見開いた。

「確かなことは言えぬ。若い僧が聞き間違ったのやもしれぬし、目にしたという賊の姿も、恐れゆえに生じた幻やもしれぬ。だが、僧の間ではあらぬ噂が広まりだしておる」

「噂というのは」

「寛進《かんしん》和尚が、恨みを晴らすべく化けて出たのでは、と」

　寛進――初めて耳にする名である。

「僧らには他言無用を言いつけておる。しかし、そなたも知っておろうが、我が寺にはそなたをよく思っておらぬ者がいくらかおるのだ。仏に帰依《きえ》する者としてまこと恥ずべきことだが、誰ぞが孔雀組に密告しないとも限らぬ。……そうなる前に、天暁よ。しばらくのあいだ江戸を離れよ」

面食らったように目を丸くした天暁であったが、その顔はやがて苦笑に変わった。

「わたしのような者の身を案じてくださり、ありがとうございます。しかし、江戸を離れるわけには参りませぬ。わたしが寺を離れると寂しがる者がおりますゆえ」

「先ほどの小僧か。あれは一体何者なのだ。稚児《ちご》というわけではあるまい」

「故《ゆえ》あって引き取り、面倒を見ている子にございます。寺男の真似事《まねごと》などをさせておりますが……まあ、実の息子のようなものでございますな」

「なれば、あの小僧と共に江戸を離れたらよかろう」

「いいえ。わたしは逃げも隠れも致しませぬ」

天暁は頭を振り、はっきりとそう言い切った。

「孔雀組も、噂のみを証《あかし》として坊主を引っ立てるような真似は致しますまい。僧侶《そうりょ》や神主《かんぬし》への手出しはさすがに慎重であると耳にしたことがございます」

「そうは言ってもだな、そなたはかつて――」

「故にこそ、逃げるわけにはゆかぬのです。寛進和尚を死に追いやったわたしが、おめおめと逃げ果《おお》せるなど、道理が通りませぬ」

「……ッ！」

慈空は途端に顔色を変え、畳に手をついて身を乗り出した。だが、開かれた口から吐き出されたのは、言葉になり損なった擦過音のみだった。

動揺している慈空に、天暁は座禅を組む修行僧のような面持ちで向き合っている。

しばらくして、慈空は渋面を浮かべ、居住まいを正した。

「……天暁よ。そなたは相も変わらず償《つぐな》いを望んでおるのだろうが、そのようなことを寛進和尚は喜ばぬ。まして、孔雀組に捕らえられ、打ち首にでもなろうものなら、あのお方の名誉にも傷がつこう。そなたは寛進和尚が唯一目をかけた者なのだ。わかるな」

天暁は返事をせず、凝《じっ》と畳を見つめている。

「加えて、今のそなたには守るべきものがあるのだろう。そのことを、よく考えよ」

開きかけた口を閉ざし、天暁は渋々うなずいた。

慈空は諦観《ていかん》のまじった溜息《ためいき》をついて、おもむろに立ち上がる。天暁も少し遅れて立ち上がり——と思いきや。

「おおい、弥六や。ちょっと来なさい」

天暁は突然振り返り、口に手を添えて大声をあげた。

気付かれていたのかと息を呑《の》んだ弥六であったが、どうやらそうではなかった。天暁は渡り廊下のほうへと歩いていき、「おおい」と呼びかけている。

おいよがぱたぱたと駆け寄ってきて「坊ちゃんは先ほどお出かけになりました」と天暁に告げた。

「もう行ってしまったのかい。……申し訳ございません、慈空和尚。良い機会でございますし、紹介しておこうと思ったのですが」

「かまわぬ。機会などいくらでもあろう。それにしても名を弥六というのか。大層な名だ」

「ええ。わたしにはもったいないような子でございます」

二人は衣擦れの音をさせながら土間のほうへと歩いていった。


昨日に続きどんよりとした天気である。弥六はいつにも増して強烈な睡魔と戦いながら、太福寺の参道を箒《ほうき》で掃いていた。

昨晩は坊主を襲う賊を探すべく上野・浅草近辺の寺社を見て回った。太福寺へ帰った頃には空が白んでおり、いそいで床に入ったのも束の間《つかのま》、五つ（午前六時半）頃に天暁に叩き起こされてしまい、そのまま朝餉《あさげ》を食べる羽目になった。

昨日、坊主を狙う輩《やから》は現れなかった。火盗改《かとうあらため》や孔雀組の同心、寺社奉行の検使が江戸中をうろついていたため、慎重にならざるを得なかったのかもしれない。

坊主が殴打される事件ももちろん気がかりだが、それよりも気になって仕方がないのが、昨日盗み聞いた慈空の話である。天暁は己が寛進を殺《あや》めたかのような物言いをしていたが、あれはどういうことなのだろう。そもそも寛進とは一体何者なのだ。

——だめだな。何も手につかない……。

弥六は大きく溜息をつき、箒を適当な場所に立てかけて渡り廊下に座った。どこからともなくすねこすりが寄ってきて膝にのぼろうとするため、まるっこい体を支えて膝に乗せた。

ぼんやりと境内《けいだい》を眺めていると、何やら硬いものが頭に落ちてきた。何事かと見上げると、そこには般若《はんにゃ》の如《ごと》き顔をした天暁の姿があった。

「そんなことでは、いつまでたっても一人前の寺男になれないよ」

再び軽い拳固《げんこ》を食らい、思わず頭を押さえて縮こまる。そのまま説教を食らうとばかり思ったが、天暁は庫裡《くり》のほうへと歩いていった。

「あれ、和尚さま。どうなさったのですか」

「わたしは少しの間出かけてくるからね、留守を頼むよ」

「どこへ行かれるので」

「一寸《ちょっと》、野暮用でね」

弥六は妙な胸騒ぎを感じ、膝からすねこすりを下ろして天暁の後を追う。

「お出かけなら、わたしもお供いたしますが……」

「心配いらないよ。あとでおときが荷を届けに来るはずだから、受け取っておいておくれ」

「荷を受け取るだけでしたら、おいよさんに頼んでは」

「おいよさんも飯の支度で忙しいのだから、なんでもかんでも頼むものではないよ。おときの茶飲み相手になってやりなさい。いいね」

普段であれば、ここいらで退《ひ》いているところである。

「坊主を狙う賊のこともありますし……やはり、わたしも」

「弥六や」

振り返った天暁の面持ちは、普段からは想像もつかないほど威圧に満ちていて、弥六は首を縦に振ることしかできなかった。

「わかり、ました。お気をつけて」

「うん」

天暁はするすると廊下を歩いていった。

姿がすっかり見えなくなった頃、一羽のからすが飛んできて高欄《こうらん》にとまる。からす——黒鉄は、まるで人のように目を細め、天暁が歩いていった先を睨んだ。

「怪しいな。こそこそとどこへ行くつもりだ」

「こっそり般若湯《はんにゃとう》を買いに……なんかであればいいけど、そういうわけじゃなさそうだ」

「どうする」

「もちろん後をつけるよ。それはそれとして、留守番もしなければね。玉吉《たまきち》、来てくれ」

呼びかけるが早いか、どこからともなく愛嬌《あいきょう》のある足音が聞こえてきた。腰高障子が僅《わず》かに開き、隙間から焦げ茶色の何かが顔を覗かせる。姿を見せたのは、赤い半纏《はんてん》を着込み、人のように二足で歩く、身の丈一尺（約三十センチ）ほどのたぬきであった。股から垂れ下がっている毛皮のようなものは巨大なふぐりだ。その正体は豆狸《まめだぬき》。――太福寺に棲《す》み着いている妖怪のうちのひとりであった。

「坊ちゃん、お呼びですかい」

玉吉は弥六のそばにちょこんと座る。

「これからおときさんが来ることになってるけど、わたしはちょっと出かけなきゃならなくてね。留守番を頼まれてほしいんだ」

「そういうことでしたらあっしにお任せを。坊ちゃんの頼みとあらばこの玉吉、一肌脱いで――いや、一肌被《かぶ》ってみせますぜ。ちなみに、ほうびのほうはいくらか期待しても？」

「昨日、普請の手伝いで結構な駄賃を貰《もら》ったからね。帰りに良い酒を買ってきてあげるよ」

「ついでに肴《さかな》なんかもいただけるンでしたら、余計に張り切っちまうんですがねェ。たとえばめざしなんかをね、良い酒でやれたら、そりゃあもう天にも昇る心地ってもんで」

「わかったわかった。めざしも買ってくればいいんだろ。調子がいいんだから……」

「へへぇ、ありがたいことで……。さて、そうと決まりゃあ、ちょちょいっと化けちまいましょうね。そおれ、ぽんぽこ！」

玉吉は自慢のふぐりを餅《もち》のように引っ張り、それを頭から被った。ふぐりはみるみる膨らみ、気付けば弥六と同じくらいの身の丈――いや、弥六の姿そのものになっていた。

「ほうら、色男の一丁あがりでさァ」

弥六に化けた玉吉は己の頬《ほほ》を軽く叩き、にかっと笑う。本家に比べると多少垂れ目がちなのはご愛嬌だ。玉吉はたぬきの妖怪であるため、狐顔の弥六に化けるのは難しいのだという。

玉吉がご機嫌に小躍《こおど》りしている一方、弥六と黒鉄は苦虫でも噛《か》みつぶしたかのような顔で目を伏せていた。玉吉の変化《へんげ》の仕方は、男であれば誰であれ目を背けてしまうだろう。

「そんな顔をしねぇでくだせぇ。大して痛かありませんよ。こう、ちょいと突っ張るくらいで……」

「わかってはいるんだけど、どうしてもね……」

弥六は気を取り直すべく頭を振った。

「それじゃあ、あとは頼むよ。うまいことやっておいてくれ」

「万事この玉吉におまかせくだせぇ。その代わりごほうびをね、頼みますよ。坊ちゃん」

「わかっているよ。酒とめざしだろ」

弥六は渡り廊下からひょいと飛び降り、境内の外へと向かった。黒鉄が「厚かましい奴だ」と吐き捨てて、先導するかのように先の空を飛んでいった。


天暁が向かった先は、日暮里《にっぽり》の奥にひっそりと佇《たたず》む襤褸寺《ぼろでら》であった。無住寺《むじゅうじ》のようで、周囲には竹が生い茂り、境内も草でぼうぼうだ。近くの庵《いおり》は庫裡《くり》の代わりであろうが、こちらも人が住んでいる様子はない。

天暁は本堂の前で立ち尽くしていた。戸は開いているので、中に入れず途方に暮れているというわけではなさそうである。

弥六は雑草の中に身を隠し、凝《じっ》と天暁の様子を窺った。

――わたしは、和尚様のことを何も知らないのかもしれない……。

七年間共に暮らし、弥六の知る天暁は、頑固で、口うるさいただの坊主だ。本堂の裏に酒を隠していて、夜にこっそり呑《の》んでいるのを知っているし、ふき味噌《みそ》とびわが大好物であることも、笑うと目が垂れ下がって目尻《めじり》に皺《しわ》が出来ることも知っている。しかし、太福寺の住職になる前のことを弥六は何も知らない。故郷《くに》がどこなのかさえ。

ふと、天暁は意を決したように歩を進め、本堂の中へと入っていった。

弥六は木板の軋《きし》むギィギィという音に紛れて本堂脇まで移動し、ぴたりと壁に張りつく。少し遅れて、どこからともなく飛んできた黒鉄が肩にとまった。

「上から見る分にも、なんの変哲もないただの荒れ寺だ。庵にも人はいない」

「となると、やはり本堂の中が怪しいね」

「坊主の悪霊がいるとでも？　おれはかれこれ五十年ほど生きてきたが、悪霊とやらにお目にかかったことは一度もないぞ」

「わたしもないけど、見たことがないだけでいるのかも――待って。何か聞こえる」

弥六は壁に耳を当てた。黒鉄も弥六の頭に飛び乗り、壁の向こうの様子を窺う。

「生憎《あいにく》、わたしはお前の声も姿も感じることができぬ。もしかすると、お前はあの時の妖怪ではないのやもしれぬ。……だが、もしこの場にいるのであれば、話を聞け」

中から聞こえてきたのは天暁の声であった。

一体誰に話しかけているのか。怨霊怪異《おんりょうかいい》の気配をまったく感じ取ることができない天暁が、目に見えぬものに話しかけるとは思えないが。

「お前はわたしを恨んでおるのだろう。わたしはそれだけのことをした。恨みを晴らそうとするのも道理だ。……しかし、ほかの坊主らを襲うのは筋が違う」

天暁はなおも話しかけるが、返事はない。草木の揺れる音が聞こえるばかりである。

「恨みを晴らしたいのであれば、ほかの者など襲わず、わたしのもとへ参れ。わたしは逃げも隠れもせぬぞ。それとも、この天暁が怖《おそ》ろしいか、妖怪ッ」

しん、とする。

しばらくして、天暁は「何をやっているんだ、わたしは」とぼやいた。踵《きびす》を返したのか、ギッと床の軋む音がする。

「……そなた、天暁和尚か?」

中から別の声が聞こえた。どこまでも低い、地鳴りのような声である。その声が届かないのか、あるいは聞こえていないのか、天暁は返答をしない。

「そなたに問う。親を捨て、師を捨て、欲を捨て、捨てんとする心を捨て……仏性《ぶっしょう》さえも捨つ。我、何人《なんぴと》ぞや」

声の主が口にしたのはなんらかの謎かけ——それも公案《こうあん》のようだ。公案とは禅問答において修行者が解く課題である。

慈空の話によれば、坊主を襲う曲者《くせもの》は警策《けいさく》を手にし、問答を口にしていたという。襲われたのは禅寺の坊主ばかりで、ほとんどの者は肩の辺りを強く打たれていたと。

今、本堂の中にいる何者かは天暁に禅問答をしかけている。

「答えぬか。……では、警策を与える」

その声を耳にした刹那《せつな》、弥六は弾《はじ》けるように立ち上がっていた。

黒鉄の制止を無視し、本堂の戸口へと走る。向きを変える際、勢いがつきすぎて危うく転びそうになったが、どうにか体勢を立て直して本堂の中へと駆け込んだ。

「弥六⁉」

天暁は大きく目を見開いた。その背後に、白い棒を振り上げている大男の姿がある。

弥六は咄嗟《とっさ》に天暁を押し倒した。その時、何かが弥六の額をかすめた。

「あいたたた。一体なんだというんだい。どうしてここに――」

言いさし、天暁はひゅっと息を呑んだ。弥六の額から血が流れているのだ。

「和尚さま、お怪我はございませんか」

「わたしより自分の心配をなさい！　ち、血が、こんなに」

天暁は躊躇《ためら》いなく法衣《ほうえ》の裾《すそ》を破き、それを丸めて弥六の額に押し当てた。手が激しく震えている。

だが、気にしなければならないのは、警策を持った何者かのほうだ。

闇《やみ》の中にぼんやりと姿が浮かび上がる。袈裟を纏《まと》った、大柄な坊主だ。しかし坊主の頭はよく見ると人のそれではない。黒っぽく、ごつごつとした、蟹《かに》の頭である。

――やはり、妖怪か……。

弥六は天暁を押しやり、蟹の頭を見上げた。血が目の中に入り込んで鬱陶《うっとう》しい。拭《ぬぐ》っても拭ってもら垂れてくる。

「問答の邪魔をする罰当たりめ。貴様にも警策を与える。背をこちらに向けよ」

蟹の妖怪は警策を振り上げた。

――和尚様を抱えて逃げるか。いや、間に合わない……！

その時、黒い影が弥六の頭上を掠《かす》めた。

「ぬうっ、何だ……！」

黒い影――黒鉄は鋭い爪で蟹の妖怪に襲いかかる。妖怪はたまらず後ずさり、構えていた警策を闇雲《やみくも》に振り回した。しかし相手は烏天狗だ。そこいらの妖怪が一撃を加えられるほどのろまではない。

黒鉄が相手をしてくれている隙に、弥六は天暁を抱えて本堂から飛び出た。そのまま境内の外まで駆け抜ける。少し遅れて黒鉄が本堂から飛び出し、近くの木の枝にとまった。

蟹の妖怪が追ってくる気配はなかった。

「ここまで来れば一安心でしょう。乱暴に抱えてしまいましたが、どこか痛めてはおりませんか」

「わたしのことはよいのだ。それより、あの中には、何が」

「はっきりとしたものは見ておりません。何やら嫌な感じはいたしましたが」

もちろん虚言だ。妖怪を目にしたなどと言えば、のちのち面倒なことになるのは目に見えている。

「そうかい。けれどお前が怪我をしたということは、いたのだろうね、何か——」

天暁は自分の言ったことにハッとし、弾けるように弥六の両肩を摑《つか》んだ。

「弥六や、額をよく見せておくれ。怪我の具合は」

「そんなに心配をせずとも大丈夫ですよ。少し切ってしまっただけ……」

「いいから言うことを聞きなさいッ」

今まで耳にしたことがないような怒声であった。弥六は驚き、壊れたからくり人形のように首を縦に振った。

天暁と太福寺に戻っておいよの手当を受けたあと、弥六は布団に叩き込まれた。血はすっかり止まっていたのだが、そんなことはおかまいなしであった。

天暁は「精のつくものを食べさせねば」と言って、ばたばたと出かけていった。一人で出かけさせるのはいささか心配だが、黒鉄が見張ってくれているので大丈夫だろう。

弥六は起き上がると布団の上で胡座《あぐら》をかき、枕元の大福へ手を伸ばした。先ほど、おいよが大福を山のように積んで持ってきてくれたのだ。下谷《したや》広小路《ひろこうじ》に店を構える『あずき屋』の豆大福はこっくりとした甘さの餡《あん》が評判で、弥六もここの豆大福には目がない。かれこれ四つ目を頬張っているとあって、部屋の隅に座しているおいよは満面に笑みを浮かべていた。

「坊ちゃん、具合はいかがですかい」

障子が僅かに開く。隙間から顔を見せたのは玉吉であった。

玉吉は自慢のふぐりを引きずりながら部屋に入り、おいよの傍らに腰を落とす。続いて、すねこすりたちが押し合いへし合いで部屋の中に入ってきて、弥六のそばに駆け寄った。

「みんな大げさだな。大した怪我じゃないだろ。……ほら、お前たちも元気を出してくれ」

すねこすりたちは心配そうにぷうぷうと鳴き、弥六の膝にのぼった。一匹が何度も足を滑らせてのぼるのに苦労しているようだったので、そっと尻に手を添えてやった。

「それよりも……ごめんよ、玉吉。酒と肴を買ってくると約束したのに」

「あっしの酒なんてようござんす。いざとなりゃあ――」

玉吉は己のふぐりを小気味よく叩き、

「こいつを被って、和尚様にでも化けて買いに行きやすんで」

「化けるのならほかの人にしてくれ。和尚さまは、ほら、表向きは酒を呑まないことになっているから」

「坊主ってのは面倒な生き物でございますなァ。酒を呑もうが呑むまいが、五十年ちょっとでくたばっちまうでしょうに……。そうだ。酒といやあ、坊ちゃんに話しときたいことが――」

言いさし、玉吉は障子のほうを見やった。遅れて弥六とおいよも同じほうを見やる。ばたばたと慌ただしい足音が近づいてくる。

「いやはや、口うるさいお方が来ちまいましたねぇ」

玉吉は苦笑し、障子の前からのいていく。おいよも慣れた様子で障子から離れた。

直後、障子がすぱんと開け放たれた。中に駆け込んできたのは、狩衣《かりぎぬ》を着込み、人のように二足で歩く、身の丈一尺ほどの鼠《ねずみ》であった。

「若様、お怪我をしたというのはまことでございますかッ！」

鼠はつんのめりながらも弥六のそばに駆け寄り、床に両手をつく。走ってきたからであろうか、烏帽子《えぼし》が斜めになっていた。

「ああ、なんとおいたわしい。この爺《じい》によう見せて下さいませ」

「大丈夫だよ。ほら、もうすっかり血が止まっている。ただのかすり傷だ」

「かすり傷であろうと、若様の玉体《ぎょくたい》に傷がついたことには変わりがございませぬぞ。まったく、あの天狗は一体何をしておったのじゃ」

「黒鉄を責めないでやってくれ。わたしが勝手に飛び出したのがいけなかったんだよ」

「若様は彼奴《きゃつ》めを甘やかしすぎでございますぞ！　あの天狗の増長ぶり、目に余るものがございまする。傲岸不遜《ごうがんふそん》とはまさにあのような者のためにある言葉でございまして……」

　ぶつぶつと文句を言い続けているこの鼠は、名を柳鼠《やぎねず》という。

　柳鼠は旧鼠《きゅうそ》という妖怪で、元々、弥六の父・白仙に仕えていた。弥六が太福寺に預けられるにあたって自らお目付役を買って出た――というのは柳鼠の談である。

　齢《よわい》三百を超える老妖怪であり、長く生きているだけあって大層な物知りだ。特に妖怪の知識に関しては右に出る者がおらず、弥六は狐小僧として動くにあたり、柳鼠の知識に大いに助けられていた。口うるさく、頑固なのが玉に瑕《きず》だが、弥六を陰から支えてくれる優秀なお目付役である。

　ここのところは人間が扱う退魔の術について熱心に調べており、日々、孔雀組から弥六や妖怪たちを守る術《すべ》を模索している。先日も、妖怪を燻《いぶ》り出す破邪《はじゃ》の札《ふだ》を調べるべく、弥六が拾ってきた札を本堂裏で燃やし、ほかの妖怪たちから大層迷惑がられていた。

「よいですかな、若様。お父上のご意志を継がんとするお心は、まことにご立派でございまする。けれども、たびたびお怪我をなさるようであれば、この爺は――」

「ところで鼠爺《ねずじい》、訊《き》きたいことがあるのだけれど」

「話は終わっておりませぬぞ！」

「あとで聞くよ。今はひとつ、妖怪について教えてくれないか」

「またでございますか。爺めはこんなにも若様の身を案じておりますのに……」

「頼むよ、鼠爺ほど妖怪に詳しい者はこの世にいない。わたしの自慢の爺だ」

目元を袖で隠し、泣き真似をしていた柳鼠であったが、弥六の言葉を耳にするやぴたりと動きを止めた。

「自慢の爺というのは、真《まこと》でございますか」

「もちろん。いつも助かっているよ」

「仕方がありませぬな。……して、その妖怪というのはどのような？」

「坊主の姿をした蟹頭の妖怪だったよ。禅問答のようなものをしかけてきて、答えずにいると警策《けいさく》で打ってくる。問いかけは確か、親を捨て、師を捨て……うんたらかんたら……我、何人ぞや。そんなことを言っていた」

柳鼠は小さな手で顎を撫《な》でた。

「ふむ。それはおそらく蟹坊主《かにぼうず》でございましょうな」

「聞いたことがない名だ」

「蟹坊主は寺に現れる化け蟹でございます。寺へやって来た者に問答をしかけ、答えられぬようなら殴り殺す……などと言われておりますが、ほとんどの蟹坊主は人を殴り殺しなどいたしませぬ。甲斐《かい》の長源寺《ちょうげんじ》という寺に棲み着いていた蟹坊主がすこぶる乱暴者だったため、人を殺《あや》める妖怪として知られておりますが、それは大きな間違いでございます」

柳鼠はこほんと咳払《せきばら》いをし、

「ちなみに、蟹坊主は元々甲斐国の霊山に住んでいた名もなき水神《すいじん》だったそうでございます。山伏《やまぶし》どもの信仰と混じってしまったことで寺との関わりが生じ、妖怪へと凋落《ちょうらく》する際に坊主としての姿に変じた……まァ、有《あ》り様《よう》としては天狗《てんぐ》に近《ちこ》うございますな」

「そうか、天狗も元は山の神だったね」

「天狗のみならず、妖怪はみな、元はカミでございました。古《いにしえ》の人間は畏《おそ》れ多くもカミに名を与えて奉《たてまつ》り、カミもまた名を得ることでさまざまな神格へと分化していった……しかし、人間は畏れと敬《うやま》いを忘れ、神をどんどん矮小《わいしょう》なものへ貶《おとし》めていったのです。それが妖怪の起源でございます」

　また長い話が始まったな――弥六は苦笑した。

「平安の頃、神へ返り咲こうとした妖怪たちと人間のあいだで大きな戦いがあったことは前にお話しいたしましたな。妖怪は戦《いくさ》に負け、人間を恨みながら、さらに凋落してゆきました。今や、己がかつて神だったと知る妖怪は数少のうございます。お館《やかた》様も、過去のことは気にしても仕方がないと仰《おっしゃ》っておりましたが……若様には、我々妖怪がどのようにして生まれ出《い》でたのかを是非とも知っていて頂きたいのです」

「心配せずとも、ちゃんと知っているよ。何度も聞かされているからね」

「結構でございます。なれば今日は、カミがなにゆえ人間を作ったのかを――」

「それはまた今度にするとして……蟹坊主のようすがは何なんだい」

話の腰を折られ、柳鼠は唇を尖《とが》らせた。だが文句は言わなかった。

「大抵は〈問答をしかけること〉でございます。両足八足、横行自在にして眼《まなこ》、天を差す時、如何《いかに》……このような具合に。答えは蟹ですな」

「では、禅問答を仕掛けてきた日暮里の蟹坊主は、やや変わったようすがの持ち主ということなのかい」

「左様でございますな」

「しかしなぜ、蟹坊主は和尚さまのことを探していたのだろう。恨まれるだけのことをした、と和尚さまはおっしゃっていたけれど」

「それについては、なんとも……」

柳鼠は難しい顔で押し黙った。

「そういえば、玉吉。先ほど何か言いかけていなかったかい」

玉吉は背筋を伸ばし、口を開いた。

「へい。実は留守を預かっている間、菊之屋の姐《ねえ》さんが酒……いやいや、般若湯を持って来たもんで、ちょいとお酌をしたら、面白い話を聞かせてくだすったんですよ」

「聞かせてくれ」

「なんでも、姐さんが言うには、寛進和尚というお方はもともと深川にある大きなお寺の坊さんだったそうなんでさぁ。大層立派なお人で、ほかの坊主たちから慕われていたそうでござんす。けれど寛進和尚さまはある日、この寺で得るものはなくなったと、日暮里のはずれにある小さな寺に一人移り住んでしまった。それだけならまだしも、奥州《おうしゅう》からふらりとやってきた得体の知れない坊主を拾い、弟子にしてしまったと言うんでさぁ」

「待ってくれ。その弟子入りした坊主というのは」

「へぇ。うちの怒りんぼ和尚さまのことで」

「和尚さまが、奥州から……」

天暁が奥州の出身というのは、にわかには信じがたいことであった。

奥州は人と妖怪の争いが最も苛烈な地だ。妖怪は人を皆殺しにすべく徒党を組んで人里を襲い、人もまた妖怪たちに対抗すべく、厳しい修行を行い退魔の力を身につけている。そのため、奥州に住む者の大半は妖怪の気配を感じられるのだ。

「寛進和尚さまを慕っていた坊主らは、その得体の知れない坊主のことを知って、嫉妬に駆られちまいましてね。自分らを捨てたってのに、流れ者の坊主には目をかけたってんで、やるせなかったんでしょう。そんな折に寛進和尚が亡くなって、坊主たちの間では、流れ者の坊主が寛進和尚さまを殺した……なんて噂が広まったそうで」

「なるほど、それで化けて出たと噂になったわけか……。でも、寛進和尚はなぜ亡くなったんだい。うちの和尚さまは、寛進和尚の死を己の責だと思っているようだけど」

「そこんところを訊こうとしたんですが、姐さんが途中で話を切り上げて帰っちまいましてね。いやはや、肝心なところを聞けず面目ねぇ次第で……」

「いやいや、十分だよ。お手柄だね、玉吉」

「へへぇ」

玉吉は照れくさそうに頭を掻いた。

寛進が何者かはわかった。

気になることは多々あるが、今は蟹坊主の凶行を食い止めることが先決だ。これ以上警策で打たれる坊主を増やしてはならない。

「む、天狗の奴め、帰ってきおったな」

柳鼠の言うとおり、遠くでからすの鳴き声が聞こえた。黒鉄が天暁の帰りを知らせてくれているのだ。

弥六は慌てて布団に潜り込んだ。妖怪たちが去って行く音が聞こえる。

――和尚さまが奥州の出というのは、本当なのだろうか……。

奥州の出身というのなら、妖怪を嫌っているのも納得がいく。だが、なぜ太福寺に棲む妖怪たちの姿を目に出来ないのだろう。奥州の出なら妖怪が見えるはずだ。

何かの間違いに違いない――弥六は己に言い聞かせた。そうでもしなければ、夜着から顔を出して天暁を迎えたとき、いつもの笑顔を繕えそうになかった。

重たい足音が廊下に響く。

「弥六や、具合はどうだい」

天暁が入ってきたとき、部屋は何事もなかったかのように静かになっていた。


夜四つ半（午後十一時）を過ぎた頃であろうか。弥六はすねこすりに鼻先をぺちぺちと叩かれ、静かに目を覚ました。子《ね》の刻に弥六を起こすのはすねこすりたちの数少ない役目だ。鼻先を叩く者もいれば、顔に覆い被さってくる者もいる。口の中に入ってこられることもあるので、気をつけなければならない。

夜着から顔を出そうとした弥六であったが、すぐ傍らから大いびきが聞こえ、思わず夜着を被りなおした。玉吉が寝ているのかとも思ったが、これは玉吉のいびきではない。いびきの主は、腕を組んだままこくりこくりと船を漕《こ》いでいる天暁であった。

——まさか、ずっとそばにいてくだすったのだろうか……。

買い物から帰ってきたあとも、天暁は弥六のことを心配し、片時も離れようとしなかった。鰻《うなぎ》や枇杷《びわ》などの高直《こうじき》なものを次々と弥六に食べさせ、飯も山ほど食うように勧めた。あのおいよですら、喜びよりも困惑が勝《まさ》ったほどである。

天暁は何をそんなに案じているのだろう。元々気にしすぎる性質《たち》ではあるが、今回は異様だ。

「すまないけれど、玉吉を呼んできてくれないか」

夜着を少しだけまくり、中にいるすねこすりに声をかける。すねこすりは短く返事をし、飛び出していった。少しして障子戸が開き、玉吉が顔を見せた。

「頼めるかい」

「もちろんでごぜぇますとも」

玉吉は自慢のふぐりを引っ張って被り、あっと言う間に弥六の姿に変化《へんげ》する。交代すべく、床から出た弥六であったが――。

「弥六や」

思わずひっと声が出た。慌てて両手で口を押さえ、傍らを見やる。

天暁は、依然としていびきをかきながら船を漕いでいる。口にしたのは寝言のようだ。

――肝が冷えた……。

弥六は大きく溜息をつき、抜き足差し足で障子のほうへ歩いていった。代わりに玉吉が床につく。中にいたすねこすりたちが迷惑そうに夜着から飛び出してきた。

いつもの黒装束《しょうぞく》に身を包み、狐の面で顔を隠した弥六は、昼に訪れた日暮里の寺へと再度向かった。

真っ暗闇のなか佇む廃寺というのはなかなかどうして気味が悪い。今にもどろんと出てきそうな雰囲気だ。半妖《はんよう》の身ゆえ、妖怪には親しみをおぼえるが、いるかどうかわからない幽霊は怖ろしい。

腰の裏に備えた脇差《わきざし》に手をかけ、寺の中へと慎重に歩を進める。昼間と同様、ギィギィと床の軋む音が暗闇に響き渡った。

「……何者だ」

闇のなかからぼんやりと坊主の姿が浮かび上がる。頭と手はやはり蟹のものだ。ごつごつとした灰色の鋏《はさみ》で、器用に警策《けいさく》を持っている。

「お前は蟹坊主だな。少し話がしたい」

「貴様、なにゆえ拙僧のことを……。まさか、孔雀組かッ。斯様《かよう》な所にまでやって来るとは」

蟹坊主は後ずさり、警策を振り上げた。

咄嗟《とっさ》に脇差を抜き、振り下ろされた警策を頭上で受ける。あまりに力が強く、弥六の両の踵《かかと》が床にめり込んだ。

「わたしは孔雀組ではない。人に見えるが半妖の者だ。話を聞け」

「騙《だま》されぬぞ。拙僧を退治しに参ったのだろう」

蟹坊主は再び警策を振り下ろす。弥六の左脚が朽ちた床に埋もれた。

「お前を害する気はない。信じられぬならば、この刀を一旦お前に預けよう」

蟹坊主はしばらく難しい顔で押し黙っていたが、片方の鋏を弥六へ向けた。その鋏に脇差を握り込ませ、弥六はさっと身を引く。蟹坊主も恐る恐る下がっていった。

「貴様、何者だ。孔雀組ではないにしても、ただの人間ではあるまい」

「わたしは人と妖怪の仲を取り持つ者だ。人々からは狐小僧と呼ばれているが、聞いたことはあるか」

「初めて耳にする」

江戸に棲む妖怪で狐小僧の名を知らぬ者はほとんどいない。もしかすると、蟹坊主は江戸に来たばかりか、あるいはしばらく江戸を離れていた妖怪なのかもしれない。

「お前は坊主に問答をしかけ、答えられぬ者を警策で打っているようだが、違いないな?」

「然《しか》り。公案を与え、解を得られぬようであれば警策を与える。かの僧はそのようにしていた。ゆえに拙僧もそうしておるのだ。かの僧は、雲水《うんすい》の鑑《かがみ》なれば」

「かの僧……?」

「かつて、この寺に住んでいた人間である。名を寛進といった」

天暁の師と見て間違いないだろう。

どうやら蟹坊主は〝坊主としてふるまうこと〟にこだわっているようだ。寛進と知り合ったことでよすがに変化が生じ、禅問答をしかけ、答えられぬ者に警策を振り下ろす妖怪になったのかもしれない。

だが、どれだけ人の営みを真似ようとも、人と妖怪とでは大きく異なる部分がいくつかある。力の強さも、そのうちの一つだ。

「蟹坊主よ。お前は警策を与えているだけのつもりなのだろうが、打たれた坊主らは大怪我を負っている。肩の肉が削げた者もいるという」

「なんだと。なにゆえそのような」

「お前は力が強すぎるのだ。それに、人間のなかには妖怪の声が届かぬ者も少なくない。坊主らはお前のことを、暗がりから突然殴りつけてくる悪霊だと思っている」

「なんと」

蟹坊主はふらりと後ずさった。墨色の頭が微《かす》かに青ざめているように見える。

「坊主らの訴えを受け、孔雀組もお前のことを探している。ほとぼりが冷めるまでは身を潜めているのが得策だろう」

「それは——左様であるか。致し方なかろうな……。わざわざの報《しら》せ感謝致す」

「次に問答をしかけるときは、力を加減しろ。いいな」

「承知した」

蟹坊主は警策と脇差を顔の前に立て、深く礼をした。まるで本物の僧のようであった。

「ところで……先ほどお前が言っていた寛進という僧とは、どのような間柄だったのだ」

「問答をしかけ合う仲であった。拙僧はあの者のことを終生忘れぬ」

「詳しく聞きたい」

「ふむ……」

蟹坊主は少し思案した後、脇差を弥六へと返した。敵ではないと判断したのだろう。

「拙僧は元来、荒れ寺に潜み、やって来た者に問答をしかけることをよすがとしていた。ある日この寺へ参ったが、人が住んでおってな。拙僧が問答をしかけると、その者はあっと言う間に答えを口にし、それどころか拙僧に公案をしかけてきた。拙僧が答えられずにいると、その者……寛進は警策で拙僧の肩を打った。それが無性に嬉《うれ》しくてならなかった」

懐かしむように、蟹坊主は続ける。

「それからというもの、拙僧はこの寺で寛進と問答をしかけ合って暮らした。時折、堅物《かたぶつ》そうな坊主が魔除《まよ》けの札を貼りに訪れたが……あの爺《じじい》、笑いながらすべて剝《は》がしておったわ」

堅物そうな坊主――もしや、天暁のことだろうか。

「寛進はお前を恐れなかったのか？」

「あの者が恐れていたのは、己《おの》が命の潰《つい》えるその刹那……ただそれのみであった。寛進は長いこと病に冒されていたのだ」

蟹坊主は少し悲しげな顔を見せた。

「死に怯《おび》える姿を弟子たちに見せまいとして、このような場所へ移り住んだそうだが、あの者はずっと何者かに看取《みと》られることを望んでいた。拙僧と暮らすようになってからは、命尽きるその刹那まで問答をしかけ合いたい……幾度も、そう申しておった」

「それで、お前は寛進の最期を見届けたのか」

「左様。ある夜、拙僧が問答の答えを講じている間に寛進は動かなくなった。眠るような最期であった」

だとすれば、天暁はなぜ寛進の死を已《おのれ》のせいだと思い込んでいるのだろう。天暁が寛進を殺したという話は、坊主らが広めた流言飛語に過ぎず、天暁がそれを肯定する理由など微塵《みじん》もないはずだ。

「寛進の死後、坊主がわらわらとやって来て、妖怪の仕業だと騒ぎ立ててな。拙僧を退治すべく法師どももやって来たので、江戸を離れざるを得なかった」

「なにゆえ今さら戻った」

「あてもなく彷徨《さまよ》い、廃寺に潜んでは旅の者に問答をしかけて過ごしたが、どうにも物足りぬ。寛進と問答をしかけ合ったあの日々が忘れられなんだ。思うようによすがを満たせずにいたとき、拙僧はふと思い出した。あの寛進が唯一解けなかった問いがあったと。度々姿を見せていた坊主……天暁がしかけた公案に、寛進は頭を悩ませておった。その答えが気になってな」

「どのような問いだ」

「親を捨て、師を捨て、欲を捨て、捨てんとする心を捨て、仏性さえも捨つ。我、何人ぞや」

弥六は忘れぬよう心の内で幾度も復唱した。

「……最後にひとつ。お前は、天暁を恨んではいないのだな」

「恨んでなどおらぬ。幾度も魔除けの札を貼りに参ったのは癪《しゃく》であったが」

狐面の内で、弥六は安堵《あんど》の溜息を漏らした。

「話はわかった。そういうことであれば、わたしが公案の答えを訊いてこよう。お前はそれまで身を隠していろ。孔雀組の連中もこのような場所まで探しには来ないはずだ」

「申し出はありがたいが、何故そこまで」

「わたしは人も妖怪も助ける。そのように決めている」

蟹坊主は感じ入ったようにほぅと息を吐き、再び礼をした。

「なるたけ早く答えを得られるよう尽力する。それまで大人しくしていることだ」

そう言って、弥六は廃寺をあとにした。振り返ると、竹藪《たけやぶ》に囲まれた寺は、まるで俗世から切り離されたかのように静まりかえっていた。

天暁の心配は一晩経《た》ってもおさまる気配がなかった。

今朝はめずらしく五つ頃に起床したため、弥六は胸を張って朝餉《あさげ》を頂戴しにいった。しかし天暁は「傷を負ったばかりなのだから、もう少し寝ていなさい」などと言って、弥六を寝間へと追い返そうとした。

床へ戻れと言われようにも、一度起き上がってしまうと、今度は腹が減ってどうしようもなくなる。弥六は天暁を説得し、なんとか飯にありついた。飯の間も天暁はしきりに体の具合を尋ねてきたり、傷の具合を見たりと、落ち着かない。

あまりにうるさいため、飯を食ってすぐに床へと戻ったものの、まったく眠気がやって来ない。弥六は半刻ほどのあいだ、床の中で所在なさげに体を転がしながら、すねこすりたちの相手をして過ごしていた。

――まったく大した傷ではないのだけれどね……。

ごろんと仰向《あおむ》けになり、額に触れる。傷はすっかりかさぶたになっており、あと二、三日もすれば痕も残らずに治りそうだ。

幼い頃、板戸を壊したり、箒《ほうき》を握りつぶしたりして怪我をしたとき、天暁は怒るより先に「怪我はないかい」と心配してくれた。半妖である弥六にとって多少のかすり傷など怪我のうちにも入らないのだが、心配してもらえるのが嬉しくて、痛いふりをした。

もし、妖怪嫌いの天暁に正体を知られてしまったら——弥六は幾度となくその問いから目を背けてきた。本当のことを知ったら、天暁はどうするだろう。嫌悪の面持ちで半妖を寺から追い出すだろうか。

「うわっ、いきなりどうしたんだい」

突然、すねこすりたちが夜着の中から飛び出し、壁を伝って天井裏へ逃げていった。

誰かが廊下をばたばたと走っている。この足音は玉吉のものだろう。外ではからすの鳴き声が絶えず響いていた。

「坊ちゃん——」

部屋と部屋とを隔てる襖《ふすま》が僅かに開き、おいよが顔を覗かせた。随分と顔が強《こわ》ばっている。

「何事だい。すねこすりたちが慌ててどこかへ行ってしまったけれど」

「孔雀組でございます」

弥六はひゅっと息を吸い込んだ。

「たったいま老緑《おいみどり》色の羽織を着た男が三人来なすって、和尚はどこだ、と……」

弥六は口元に人差し指を添えておいよに近づき、注意深く周囲の様子を窺った。

近くに人の気配はない。天暁に用があるということは、連中はおそらく本堂のほうにいる。

「正体は悟られてないね」

「なんとか……」

「よし。今すぐ寺から離れるんだ。黒鉄が鳴き声で危険のない道を知らせてくれる。それを追いかけていけば心配はいらない」

「けれど、坊ちゃんは」

「わたしは大丈夫。ほら、急いで」

おいよは不安そうにうなずくと、足音を立てずに去っていった。からすの鳴き声が寺から遠ざかっていくのがわかった。

「――和尚さま！」

弥六は土煙を蹴《け》立《た》てて本堂へと走った。

本堂の前には剣呑《けんのん》な面持ちの天暁が立っている。それを取り囲んでいるのは老緑の羽織を纏《まと》った三人の侍――孔雀組の同心たちだ。

「なぜ来たんだ、戻りなさい！」

弥六を追い返そうと身を乗り出した天暁であったが、顔に傷のある同心に肩を押さえられ、それ以上動くことは叶《かな》わなかった。

三人のうち、青白い顔の侍は破邪の札を手にしている。煙の動き、あるいは煙に対する反応でもって、札を向けた者が妖怪か否かを見分ける厄介な法具だ。人に化けるのを得意とする妖怪も、あの煙を向けられてはひとたまりもない。

——みな、無事に逃げられただろうか……。

弥六は不安を押し殺し、揉《も》み手《で》をしながら天暁と同心らの間に割って入った。

「お役人さま方、このような襤褸寺《ぼろでら》に一体全体どのような用向きでございましょう」

同心らの射貫《いぬ》くような視線が弥六へ向けられる。正体を見抜かれることはないとわかっているのだが、それでも体が強ばった。

「ああ、お茶でもいかがです？　せっかく来てくだすったというのに気が利かずに申し訳ございません。なにせ、うちの寺は滅多にお客人がいらっしゃらなくて……」

「和尚よ、この小僧は何者だ」

嫌悪を孕《はら》んだ低い声である。

天暁は慌てて弥六を己の後ろへと下がらせた。

「ただの寺男にございます。見てのとおりお調子者でございまして、とんだご無礼を。いま下がらせますので」

「その必要はない」

青白い顔の男は札を弥六の顔先へと近づけた。

線香のような、あるいは腐りかかった果実のような、なんとも言えない臭《にお》いがする。妖怪たちにとってこの臭いは、およそ耐えられない悪臭なのだという。

「……ふむ。違うな」

男は弥六の顔から札を離した。

「ときに小僧よ、この和尚が妖怪を使役しているところを目にしたことはないか」

「妖怪、でございますか」

「隠し立てをすれば貴様も同罪だ。正直に申せ」

「そのようなもの見たことも聞いたこともございません。そもそも、うちの和尚さまは大の妖怪嫌いでございます。妖怪を使役するなど、天地が逆《さか》しまになってもあり得ませぬ」

男は視線だけを動かしてじろりと天暁を見やる。

「坊主らが襲われている件について、興味深いことを耳にした。坊主らを襲う賊は……天暁、貴様の名を口にしていたというではないか」

「わたしは何も存じませぬ」

天暁はきっぱりと否定した。

「妖怪を使役し、坊主どもを襲っているのではないのか」

「まさか」

「貴様が師事していた寛進という坊主は、貴様の手によって殺された……そのような噂もあるようだが、それでも知らぬと申すか」

天暁の顔からみるみる血の気が失《う》せた。

口を開いてはいるが、返事をしない。見開かれた目には動揺の色が滲《にじ》んでいる。

「堪忍してください、お役人さま！」

耐えきれず、弥六は再び天暁の前へと躍り出た。

「先ほども申しましたが、和尚さまは大の妖怪嫌いなのです。それだけではございません。霊や妖怪の気配をこれっぽちも感じない、それはもう鈍いお方なのです。妖怪なぞ使役できるはずがありません」

「寺男よ、貴様騙《だま》されておるな。この者はかつて鬼神《きじん》とまで謳《うた》われた妖怪殺し。力の弱い妖怪であれば、使役することなど造作もなかろう」

「は……？」

弥六は無理矢理に言葉を出そうとしたが、出損ないの擦過音が喉から零《こぼ》れただけだった。

天暁は妖怪の気配を感じる才がない、怒りん坊で心配性の、ただの坊主だ。

妖怪殺しとは、一体何なのだ。

「お役人様。わたしは太福寺の住職を務めているしがない仏僧でございます。この者の申すとおり、悪鬼悪霊の類《たぐい》は見ることも触れることも叶いませぬ。むろん、使役をすることも」

落ち着いた声音《こわね》だ。ゆえにこそ、天暁がかつて妖怪殺しであったという話が、みるみる真実味を帯びていくような気がした。

「天暁よ。そなたがなにゆえ妖怪殺しから身を引いたのかは問わぬ。凡夫《ぼんぷ》として暮らしていきたいというのであれば、それもまたよかろう。しかし、その力を用い悪行を働くというのであれば、我らは容赦をせぬ」

「力なぞ、とうの昔に捨てましてございます。お疑いになるのであれば、どうぞ気の済むまでお調べ下さいませ」

侍たちは互いに顔を見合わせた。

「……此度《こたび》は一旦引く。だが、少しでも怪しい動きをみせようものなら、すぐに貴様を引っ立て、尋問いたす。よいな」

「構いませぬ」

侍たちはじろりと弥六を一瞥《いちべつ》すると、踵《きびす》を返して去っていった。足音がすっかり聞こえなくなっても、弥六の心《しん》の臓はばくばくと音を立てたままだった。

からすの鳴き声がする。黒鉄たちが戻ってきたのだろう。

「和尚さま、あの……」

天暁はいつもの穏やかな笑みで弥六を振り返った。

「驚かせてすまなかったね。まだ具合がよくないだろうから、床で横になっていなさい」

有無を言わさぬとはまさにこのことだ。弥六はぐいぐいと背中を押され、庫裡《くり》のほうまで追いやられてしまった。

夜四つ半を過ぎた頃、弥六はすねこすりの鳴き声で目を覚ました。

孔雀組が去った後、天暁は何事もなかったかのように一日を過ごしていた。昼頃にやってきたおときとも楽しげに話していたし、弥六を避けるようなこともなかった。

むしろ、天暁を避けていたのは弥六のほうだ。どんな顔をして話せばいいかわからず、天暁と目が合うたびにさっと顔を背けてしまった。夕餉のときも会話はほとんどなかった。

早いところ天暁から問答の答えを訊きだし、蟹坊主に伝えなければならない。妖怪にとって、よすがを満たさずにいるのは飯を食わずにいるのと同じだ。何もせずとも二十日ほどは耐えられると聞くが、やはり辛《つら》いものである。

「ん？　どうしたんだい」

すねこすりはぷうぷうと鳴いたかと思うと、衝立《ついたて》を挟んで隣に敷いてある天暁の布団へと走っていった。そのまま夜着の上で飛び跳ねてみせる。

見ると、床の中に天暁の姿はなかった。

「和尚さま……？」

黒鉄が何も言ってこないということは、少なくとも寺から出ていったわけではないのだろう。となると考えられるのはあの場所しかない。

弥六は廊下をひたひたと歩き、本堂のほうへと向かった。

天暁は庫裡と本堂を結ぶ渡り廊下に腰掛けていた。

「このような夜更けに何をなさっておられるので」

天暁は驚くわけでもなく、へらへらと笑って湯飲みを軽く揺らす。頬がわずかに赤い。

酒の臭いもする。

「またお酒なぞ呑まれて……。罰が当たっても知りませぬよ」

「人聞きが悪いね。これは智慧《ちえ》が得られるというありがたい水だよ。般若湯というのだ」

「酒ではありませぬか」

夜更けだというのに、天暁は声を出して笑った。

「まあ、お座り」

勧められるままに、傍らに座る。

天暁は考え込むように口元へと手をやってから、凝《じっ》と弥六の顔を見据えた。

「思えば、お前はもう十四になったのだね」

「わたしの歳《とし》がどうかなさいましたか」

「随分と大きくなったと思ってね。ついこの間まで鼻水を垂らして泣いていたというのに、すっかり……」

言いさし、天暁は誤魔化すように酒を口にした。しばらく黙って湯飲みを見つめてから、深く溜息をつき、再び弥六へと顔を向ける。

「弥六や。今朝、孔雀組のお役人様がおっしゃっていたことはまことだ」

「え……」

「わたしはかつて、鬼神と恐れられた妖怪殺しだった」

突然の告白に、弥六は口を開いたまま押し黙った。

「一体どれほどの妖怪をこの手で屠《ほふ》ったかわからない。今はもう力を封じてしまったから妖怪の声も姿も感じ取ることはできないけれど、もし力が健在であれば、わたしは今ごろ孔雀組に籍を置いていただろう」

「……なにゆえ、力を封じられたので」

「怖くなったのだよ」

「何がです？」

苦笑いを浮かべるばかりで、天暁は答えてはくれなかった。

だが天暁がかつて妖怪殺しだったと知っても、弥六の胸の内は今朝ほど波立たなかった。

むしろ、こうして面と向かって話してくれたことを嬉しく思う。

ただ一つ、弥六の胸中をちくりと刺したのは、自分はそんな天暁を騙しているという自責の念だ。妖怪を心底嫌い、殺《あや》め、その果てに「妖怪とは関わらぬ」と決めた者のそばに、半妖である己が居てよいはずがない。

「わたしは奥州の生まれでね。妖怪との殺し合いは日常茶飯事だった。けれど些《いささ》か目立ちすぎたようで、町の者たちが巻き添えを食うようになってしまったのだ。わたしは町を追われ、江戸へと流れついた。寄る辺《べ》もなくふらふらとしていたわたしを拾ってくだすったのが寛進和尚というお方だ。日暮里の小さな寺——願龍寺《がんりゅうじ》に二人で住んでいた」

「昨日、訪れた寺でございますね」

天暁はうなずく。

「寛進和尚はね、風変わりなお方だった。仏僧とは思えぬほどの大酒呑みだったし、兎鍋《うさぎなべ》が好物でね。まさしく破戒《はかい》僧だ。公案もお好きで、掃除の最中に呼びつけられては、日が暮れるまで問答に付き合わされた、——けれど、善で在ることに囚《とら》われていたわたしにとって、和尚様の無為自然《むいしぜん》な在り方は救いだった。わたしはよく、生真面目《きまじめ》すぎると叱られたものだよ」

「そのお方は、今……」

「もうこの世にはおられない。わたしが、殺したようなものだ」

湯飲みに口をつけ、天暁は続ける。

「力を封じてからの日々は穏やかなものだった。さんざん妖怪を殺めたわたしが、このような暮らしをしてよいものかと、些か不安になったほどだ。けれど、ある日、和尚様が妖怪に襲われた。すぐに法師を呼んで退治をしてもらったが、聞くに、その妖怪の狙いは和尚様ではなくわたしだったらしい」

「なにゆえ、妖怪が」

「江戸に流れ着いてからも、しばらくは妖怪を退治してまわっていたから、恨みを買ったのだろう。その後も妖怪の襲撃は続き、わたしはこれ以上和尚様を巻き込まぬようにと、この太福寺に移り住んだ。わたしさえ近くにいなければ和尚様は無事だろうと、そう思った。……だが、甘かった」

眉を顰《ひそ》め、天暁は続ける。

「太福寺に移ってからも足繁《しげ》く願龍寺を訪ねたが、あるときから、和尚様は独りで問答を口にされるようになった。それだけではなく、背中に打ち据えたような痕が現れるようになった。わたしはすぐ妖怪の仕業だと悟り、法師に退治を頼んだが、和尚様は妖怪などおらぬと言って退治を拒んだ。二度と妖怪と関わらぬというわたしの誓いを守ろうとしたのか、あるいは別の理由があったのか……今となっては、何もわからない」

じゃら、と音がした。天暁が左手首の数珠《じゅず》に触れたのだ。

「わたしは禁を破り、己《おの》が手で妖怪を退治すると決意した。しかし、翌日、和尚様は座禅を組んだまま事切れておられた。その背中は真っ赤に腫れ、見ていられないほどだった。わたしなぞを拾ってしまったばかりに、和尚様は妖怪に狙われ、打ち据えられる苦しみのなかで亡くなったのだ」

弥六は拳を強く握った。そうでもしなければ、「違う」と口に出してしまいそうだった。

寛進は妖怪――蟹坊主に見届けられながら穏やかに息を引き取った。蟹坊主も恨みゆえに打ち据えたのではなく、問答をしかけ合いながら逝きたいという寛進の願いを叶えてやった。しかし、このことを知るのは蟹坊主と弥六のみである。

許されるのならば全部を話したい。だが妖怪から聞いた話を伝えるわけにはいかないし、よしんば伝えたとして天暁が信じるかどうかはわからない。

「……話しすぎてしまったね。もう遅い。お前は床へ戻りなさい」

天暁に話しかけられ、弥六は固く握っていた拳を解いた。

「今のお話、胸にしまっておきます」

「そうしておくれ」

弥六はすっと立ち上がり、

「床へ戻る前に一つだけ……ある禅問答の答えを教えていただけないでしょうか」

天暁は面食らったかのように目をしばたたく。

「なんだい藪《やぶ》から棒に。そもそも、お前は禅問答に興味を持つクチだったかい」

「どうしても答えがわからないものがあるのです。それはもう夜も寝られないほどで」

「さっきまでぐうぐう寝ていたくせによく言うよ。……まあ、いいとも。あまり得手《えて》ではないのだけれど、多少は覚えがあるからね。どんな問いだい」

「親を捨て、師を捨て、欲を捨て、捨てんとする心を捨て、仏性さえも捨つ。我、何人ぞや……」

途端に、天暁の目の色が変わった。

「お前、それをどこで」

「実は、昨日、寺に立ち入ったときに」

天暁はまじまじと弥六の顔を見つめた。

「嘘《うそ》は申しておりませぬ。ぼんやりと声が聞こえてきて、それが耳に残って」

「疑ってはいないよ。あの寺にいる者がそうであるなら、それを知っているのも道理だ」

「それで、答えは……」

「もう答えたよ」

「え？」

目を丸くする弥六をよそに、天暁は徳利《とっくり》から湯飲みへと酒を注いだ。

「お待ちください。何が答えかわからぬのですが」

「公案にはっきりとした答えはない。床の中で考えてみなさい」

「そんなあ」

これでは、蟹坊主に教えようがない。

「せめて、何か手がかりを……」

「ほら、行った行った。こんな夜更けに子供が起きているものではないよ」

弥六はがっくりと肩を落とし、踵を返して寝間へと足を進めた。

「そうだ、言い忘れていた。先日うちにお坊様が訪ねてきただろう。覚えているかい」

「あの小柄で端整なお顔立ちの……ええと、慈空和尚さま」

「うん。あのお方は深川にある明方寺《みょうほうじ》というところのお坊様なのだよ。年若い僧もたくさんいる立派な寺でね、慈空和尚もお優しいお方だから、何かあったら頼りなさい」

「何か、というのは……」

天暁はほんのりと顔を赤らめ、薄く笑うばかりである。だが、その目の奥には並々ならぬ決意が覗いている。覚悟と諦観の入りまじった眼光だ。

弥六の顔から一切の表情が消えた。

「慈空和尚さまのことは、心得ておきます」

天暁がもう行けとひらひら手を振るのに背を向け、寝間に戻る。後ろ手に障子を閉め、深く溜息をついてから、弥六は面《おもて》を上げた。

「……玉吉。いるかい」

一拍おいて、夜着のなかから玉吉がもぞりと現れる。

「お呼びで、坊ちゃん」

「今晩もよろしく頼むよ」

「もちろんでごぜぇますとも」

玉吉はさっと弥六に化け、再び夜着の中へと潜り込んだ。弥六は足音を立てず、板の間へ続く襖を開けて寝間から出ていった。


月明かりが太福寺の境内を照らしている。弥六は本堂の屋根にしゃがみ込み、遠くを見つめていた。

つい先ほど、天暁は提灯《ちょうちん》を持って境内から出ていった。しきりに辺りを見回していたが、屋根の上に弥六がいることは気付かなかったようである。

闇のなかから羽の音がする。黒鉄が戻ってきたのだ。

「おまえの読みどおり、坊主は日暮里のほうへと向かった」

黒鉄は弥六の肩にとまり、面倒臭そうに続ける。

「それと、孔雀組の同心が三人、坊主の後をつけている。日暮れ頃からやけに臭うとは思っていたが、どうやら近くに張っていたようだな」

「和尚様が蟹坊主のところへ向かうのを待っていたのだろうね。……まったく、どこまでも嫌な連中だよ」

今朝、孔雀組の侍が天暁を捕らえずに立ち去ったのは、天暁を泳がせて妖怪の棲処《すみか》へ案内させるためだったのだろう。そうでなければ、あんなにあっさりと立ち去るはずがない。

「さて、今宵《こよい》は少し面倒な仕事になりそうだよ」

おもむろに立ち上がり、狐面をかぶる。

「面倒なのはいつものことだろう」

「それもそうだ」

笑いながら躊躇《ちゅうちょ》なく屋根から飛び降りる。弥六と黒鉄の姿は、あっと言う間に黒い影となって宵闇に消えていった。


天暁は提灯の持ち手をぐっと握り、日暮里の奥に佇む廃寺——願龍寺へと向かった。このあたりは木々が生い茂るばかりで人の気配がまったくない。

太福寺を発《た》つ前、こっそり弥六の寝顔を覗いた。ぐうぐうといびきをかき、夜着から手足を飛び出させて眠っていた。

——もう少し、話していたかったけれど……。

何故こうなってしまったのだろう。奥州の山村で生まれ育ったときから全ては決まっていたのかもしれない。

天暁は陸奥国《むつのくに》の小さな村で生まれ、幼名を与助《よすけ》といった。生まれつき妖怪をはっきりと目視できたため、将来は立派な退魔師になるだろうと言われて育った。天暁も村人達の期待に応えるべく修行を積み、悪さをする妖怪を立派に退治してみせた。

七つになろうという頃、一匹のかまいたちが村に現れ、村人達の足を次々に引っ掻いた。皆、大した傷ではないと高をくくっていたが、引っかかれた者達はみるみる傷口が腐り落ち、苦しんで死んだ。天暁の父と母、兄と弟妹も死んだ。

身寄りがなくなった天暁は寺に預けられ、坊主として修行をする傍らで退魔の力もさらに磨き、気がつけば立派な妖怪殺しとなっていた。

はじめは、家族の仇討《あだう》ちのつもりだった。しかし、天暁は次第に妖怪を殺《あや》めるという行いそのものに取り憑《つ》かれていった。

当時、近所には同じく力ある妖怪殺しである八重《やえ》という娘が住んでおり、互いに競うように妖怪を退治した。八重は管使《くだつか》いと呼ばれる者達の一人で、妖怪を使役して妖怪を退治する変わった娘であった。

とにかく妖怪を殺した。悪事を働いていない者も構わず屠《ほふ》った。町は天暁を狙う妖怪の襲撃で荒れ果て、身を置いていた寺からは「戦をしたいのであれば、よそでやってくれ」と言われて追い出された。苦労を分かち合う仲だった八重が突然姿を消し、妖怪退治で生計《たつき》を立てていた者達からも次第に疎《うと》まれるようになり、奥州に居場所がなくなっていった。

どこか遠い場所へ行こうと考えていた頃、行方が知れなかった八重がふらりと姿を見せた。

「奥州を離れても、妖怪を殺めるのですか」

八重は黒い瞳で天暁を見据え、そう言った。

「悪《あ》しき妖怪どもを屠り、人を守るのは、力ある者の責であろう」

「たしかに、人々は悪しき妖怪に苦しめられております。けれど、妖怪のなかにはわたくしどもと同じく家族を持つ者もいて、人を好いている者もいる。そのような者たちを殺めては、禍根が残るばかりではございませぬか」

「禍根など……すべての妖怪を滅してしまえば済む話だ」

八重はいっそう悲しげに眉を顰《ひそ》めて、言う。

「わたくしどもは、正しき行いであると信じ、妖怪を屠ってまいりました。けれど、妖怪からしてみれば、わたくしどもが悪しき者……血に濡《ぬ》れた修羅《しゅら》なのでございます」

「異な事を言う。悪を滅する者が、悪であるはずなど」

「いいえ。天暁様もお心当たりがあるはず。以前、天暁さまの親兄弟は一匹のかまいたちに殺されたと伺いました。けれど、かまいたちは本来三匹で動く妖怪。一匹しかいなかったということは、残りの二匹は——」

「黙れッ、戯《ざ》れ言《ごと》は聞きたくない」

八重に怒鳴ったのはこれが最初で最後だった。

「……天暁さまもいずれ気付かれる時がくるでしょう。わたくしどもは、己が修羅であることから目を背けるために、妖怪すべてを悪と断じていただけなのです。──わたくしは、己が怖ろしゅうございます」

そう言い残して八重は再び姿を消した。それ以来、八重の姿を見た者はなかった。

江戸へ流れ着き、寛進に拾われて願龍寺で暮らすようになった頃、とある大店《おおだな》の若旦那から妖怪退治の依頼を受けた。教えられた小屋へ向かうと、人に化けた妖怪と、その妻だという人間の女、そして幼い子供がいた。

面食らった。奥州には妖怪と共に暮らそうなどと考える者はいなかったからだ。

天暁は逡巡《しゅんじゅん》しながらも妖怪を退治した。女は消えていく妖怪にすがりついて慟哭《どうこく》し、包丁を手に天暁へ襲いかかった。もみ合っているうちに包丁は女の腹に刺さり、女も死んだ。子供は依頼主である若旦那と仲間の手によって、嬲《なぶ》り殺しにされた。半妖の幼子は、全身焼けただれ、手足はあらぬ方へ曲がり、縋《すが》るような目を天暁へ向けながら息絶えた。

後に、依頼をしてきた若旦那は、妖怪の妻であった女に懸想《けそう》していたと聞いた。あっけなく袖にされ、逆恨みで夫を殺すことにしたのだそうだ。

その一件は、否応《いやおう》なく八重の言葉を思い出させた。

半妖の幼子をいたぶっていた者達は、天暁の目には鬼に見えた。そこでようやく八重の言葉の意味を理解した。

今までの所業を悔い、すっかり衰弱していた天暁を救ったのは、寛進の言葉であった。

「このように考えよ。お前は今この時、修羅から人へ生まれ変わったのだ。業は捨てられぬ。だが、人として生きることはできよう。――日日是好日《にちにちこれこうじつ》。あるがまま日々を生きるのも悪くないぞ」

その言葉を受け、天暁は退魔の力を封じ、金輪際《こんりんざい》妖怪に関わらぬと決めた。しばらくの間、目に見えぬものに手ひどく痛めつけられた。だが、命を失うことだけはなかった。寛進が身を挺《てい》して妖怪を説得していたと知ったのは、大分後のことだった。

太福寺に移ってから半年後、寛進が妖怪に殺された。さらに一年後、〈白仙の乱〉が起き、江戸は妖怪に対する憤怒《ふんぬ》と憎悪で満ちあふれた。

みるみる修羅道と化していく江戸において、何を成せばよいか分からなかった。寛進を殺めた妖怪を討とうとも考えたが、その度に「修羅ではなく人として生きよ」という寛進の教えが脳裏を過《よ》ぎった。

そこへ、弥六がやって来た。ある日突然、太福寺の境内に立ち竦《すく》んでいたのだ。己が何者か分からぬというその子供は、行方が知れないままの八重にうり二つであった。

尋常ならざる怪力を持ち、傷の治りも異様に早い。天暁はすぐ、子供が妖怪の血を引いていることに気付いた。しかし、見て見ぬ振りをした。

この半妖を受け容《い》れ、育てること──それが、人として己がすべきことなのだ。そう考え、天暁は風変わりな弥六を実の息子同然に慈《いつく》しんで育てた。そうしてようやく、天暁は憎み合いの業から逃れることができたのである。


──とうとう、来てしまった……。

天暁は願龍寺の前で足を止めた。

闇の中にぼんやりと佇む廃寺は、天暁を食らおうと口を開ける化け物の如きであった。

一呼吸置いた後、天暁は寺へと足を踏み入れた。提灯で辺りを照らすも、誰もいない。波のような闇が提灯の灯りに合わせて引いては押し寄せるばかりである。

天暁は提灯を床に置き、左の手首に提げた数珠を強く摑んだ。この数珠を使い、神仏に誓いを立て、幾重にも呪《じゅ》を重ね、悪鬼悪霊の類を全く感じられぬよう己《おの》が力を封じた。生来の霊力を完全に封じるというのは、並大抵の呪では為《な》しえない。それほどの呪を破れば、かなりの危険を伴うのは必至であろう。

それでも、やらねばならぬ。十年前にやり残したことのけじめをつけなければ。

天暁は数珠を引きちぎった。

珠が床に散らばる音がする。一拍おいて、胃の腑《ふ》を捩《ねじ》り切られるような激痛が天暁を襲った。鼻から血が垂れ、目の前がぐるぐると回る。

その時、本堂にぼんやりと頭が蟹の坊主の姿が浮かび上がった。

「お前が、寛進和尚を殺めた妖怪か」

天暁は震える手でなんとか手印《しゆいん》を組んだ。

蟹頭が襲いかかってくる——かと思いきや、ゆっくりと頭《こうべ》を垂れた。その所作はどことなく寛進を彷彿《ほうふつ》とさせた。

「そなたが天暁だな。随分待ったぞ。ようやく話ができる」

「お前と話すことなどなにもない。寛進和尚を殺め、他の坊主達を打ち据えたその悪行、今ここで成敗して……」

「違う。拙僧は確かに坊主達を打ち据えはした。しかし寛進を殺めてはおらぬ」

「お前でなければ、何者の仕業というのだッ」

「何者でもない。寛進は病に冒され、己の命が潰《つい》えることを悟っておった」

「戯れ言を申すな。和尚様は背中をひどく打ち据えられていた」

「そうだ。寛進とは夜通し禅問答をしかけ合った。互いに、答えられぬときは警策《けいさく》を与えた。最期まで問答を続けながら逝きたいというのが、あやつの願いだった」

「な……」

寛進の死に顔が天暁の脳裏を過ぎる。

冬の朝、寛進は本堂で座禅を組んだまま死んでいた。体はひどく冷たくなり、背中は青黒く腫れ上がっていたが、その面持ちは穏やかであった。たった今聞いたことは、真《まこと》であると思えた。だが、

「馬鹿なッ。あり得ぬ。妖怪が人の望みを叶えようとするなど！」

自分の考えを打ち払うように、激しく頭《かぶり》を振る。

「なればなにゆえ坊主らを打ち据えた！　なにゆえ、わたしを探していたのだ！」

「拙僧は問答の答えを求めているだけだ。問答こそが拙僧のよすがである。寛進が終《つい》ぞ答えられなかった公案、その解が――」

その時、ギィと木板を踏む音が本堂に響き渡った。

天暁は提灯を拾い、戸口の方へと向ける。そこには老緑の羽織を纏《まと》った三人の侍――孔雀組の同心達がいた。

「怪しいと思い後をつけてきたが……やはりな。妖怪を使役して仏僧を打ち据えるなど、到底許される行いではない」

「思い違いでございます、お役人様。わたしは――」

「言い訳は聞かぬ。そこな妖怪諸共《もろとも》死ね」

侍達はすらりと刀を抜いた。

筆頭であろう隻眼《せきがん》の男はまなじりを決し、天暁に斬りかかる。

しかし、刀が天暁の肉を断つことはなかった。蟹の姿をした妖怪が、手に持っている警策で受け止めたのだ。

「逃げよ！　そなたが死んでは寛進が浮かばれぬ」

蟹の妖怪は大きな鋏《はさみ》で天暁を突き飛ばした。その隙を突き、後方に控えていた二人の男が妖怪へ斬りかかる。

——その時であった。

ひゅっ、と風の動く音がしたかと思うと、二人のうちの左側が突然横手へと吹っ飛び、壁に叩き付けられた。右側の男も何かに刀を弾き上げられ、よろめきながら後ずさる。

「何奴《なにやつ》……！」

隻眼の男は一旦下がり、辺りを見回した。

天暁も尻餅をついたまま何事かと視線を巡らせる。

蟹頭の側に黒い影がある。黒装束を纏い、白い面をつけた——。

「狐小僧か……！」

隻眼の男は途端に怒気を滲ませた。他の二人も刀を構え直し、足裏を滑らせて狐小僧の左右へと広がっていく。

「なにゆえ邪魔をする。妖怪に与《くみ》する目的はなんだ！」

狐小僧はゆらりと脇差を構えた。

「善《よ》き者は助ける。悪しき行いをする者は成敗する。それだけのこと」

「なればなお、我らの邪魔をする道理がなかろう」

「咎無《とがな》き坊主を殺めるのは善き行いか。独善は善ではないぞ、孔雀組」

隻眼の男はわなわなと唇を震わせた。

「こざかしい狐め。今日こそ斬って捨ててくれる。……覚悟ッ」

最初に仕掛けたのは左側の男だった。男はつんざくような甲声《かんごえ》をあげ、振り上げざまに斬りかかる。狐小僧は身を逸《そ》らして斬撃を躱《かわ》し、男の腕を片手で摑んで軽々と放り投げた。男は盛大に吹っ飛び、壁を突き破っていった。

「タァッ！」

右側の男は大きく踏み込み、狐小僧の肩口へ袈裟に斬り込む。切っ先はわずかに狐面を掠《かす》ったが、それまでだ。男は脇差による一撃を頸《くび》に受けた――かと思いきや、脇差は弾かれるように狐小僧の手の内から跳んでいった。隻眼の男が術を使ったのだ。

右側の男は丸腰になった狐小僧を見てにやりと笑い、下段から逆袈裟に斬り上げようとした。しかし狐小僧に峰を踏みつけられ、刀身は朽ちた床に深々と埋まってしまった。

「ぬうッ」

大きく姿勢を崩した男の顎へ容赦ない蹴りが見舞われ、男は弧を描いて奥へと飛んでいった。どさりという音の後に呻《うめ》き声が聞こえてきたが、起き上がる様子はなかった。

残るは隻眼の男のみだ。

男は青眼《せいがん》に構え、間合いをとりながら左方へと動いていく。狐小僧も飛びかかる前の獣のように腰を落とし、足裏を摺《す》るようにして左へ動いた。弾き飛ばされた脇差は遠い。拾いに行く間に斬られるだろう。

「イヤァ！」

隻眼の男は鋭い気合いを発し、狐小僧の頭上へ刀を振り下ろした。

天暁は思わず目を瞑《つぶ》った。あれは避けられない。――だが、驚嘆の声を漏らしたのは男の方だった。

「な、なにッ」

風を切る音がしたかと思うと、振り下ろされたはずの刀はいつの間にか男の手から消えていた。一拍を置いて、闇の中から刀の落下する音が聞こえた。

その隙を突いて、狐小僧は拳を男の鳩尾《みぞおち》に叩き込む。

男は体をくの字に折って吹っ飛び、朽ちた本尊へとぶつかった。仏像に抱き留められる形で気を失った男の上に、瓦礫《がれき》がぱらぱらと降り注いだ。

天暁は尻餅をついたまま呆然としていた。蟹頭の妖怪も目を丸くしている。

狐小僧は脇差を拾って腰裏の鞘《さや》におさめると、天暁を振り返った。噂の通り狐面をつけた黒ずくめの人物だ。しかし羽は生えておらず、大男でもない。むしろ小柄な体軀《たいく》である。

――待て。この身の丈と体つき……。

「この妖怪は、蟹坊主という。お前に問いたいことがあるらしい」

考えているところへ声をかけられ、天暁はびくっと肩を撥《は》ね上げた。

狐小僧の声は、その体軀に見合わず低い。初めて耳にする声だ。

「うむ、天暁よ。そなたに問う」

蟹頭は警策を顔の前に立てた。その仕草は、問答をしかけてくる時の寛進にそっくりだ。

「親を捨て、師を捨て、欲を捨て、捨てんとする心を捨て、仏性さえも捨つ。……我、何人ぞや」

蟹頭が口にしたのは、先ほど弥六が、いや、かつて天暁が寛進にしかけた意地の悪い問答であった。

寛進は頭を捻《ひね》り、あれこれと答えを口にしたが、その度に天暁は首を横に振った。寛進はむきになって、四六時中この公案について考えていた。

「答えよ」

天暁はゆっくりと口を開いた。

「何も答えぬこと。……それが、答えでございます」

「なに?」

「あらゆるものは、口に出すとその言葉に縛られてしまう。空《くう》であったものが色《しき》に転じる。

日々のものをあるがままに受け入れ、楽しみ、何にも縛られずにいること……それこそが在るべき姿なのでございます」

かすむ視界の中、袈裟を着た者の姿が見える。黒い直綴《じきとつ》に路考茶《ろこうちゃ》色の袈裟——かつての寛進が着ていたものと同じだ。

「これを教えてくださったのは、あなたさまでございます」

ずっと、このことの礼を伝えたかった。けれど寛進は己が力で答えを求めたいと言ってきかず、答えを知らぬまま死んでいった。

「……成る程。見事な領解《りょうげ》だ」

袈裟を纏い、警策を手にした何者かが会釈《えしゃく》をする。その立ち振る舞いは寛進そのものであった。

天暁は満足そうに笑い、そのままうずくまるように倒れた。何者かが慌てて駆け寄ってきたが、その声が届くことはなかった。


天暁が日暮里の廃寺で倒れてから、二日が経った。

弥六は渡り廊下に腰掛け、大雨に打たれている庭を眺めながら大福を頬張っていた。

「置いておいては黴《かび》が生えてしまいますからね……」と、嬉しそうなおいよに渡されたのだ。

天暁は今、床に臥《ふ》せっている。寺へ連れ帰ったときにはかなり危ない状態であったが、かけつけてくれた慈空の手を借りて再び封印の呪を施し、なんとか事なきを得た。今はおときがそばについてくれている。

昨日、孔雀組の同心が太福寺へとやって来た。もちろん願龍寺での一件を問い詰めるためである。しかし、孔雀組の者であれば、封印の呪がどういうものかは当然知っている。呪を破った代償に苦しむ天暁を見て、自分たちが思い違いをしていたことには気付いているようだった。天暁が一切の力を封じている以上、妖怪を使役して坊主を襲うなど土台無理な話である。

同心らはなおもごちゃごちゃと尋ねてきたが、人が弱っているときに、とおときがものすごい形相で食ってかかり、そこに慈空も加勢したとあってばつが悪そうに去っていった。

ちなみに、蟹坊主はというと――。

「弥六殿。まだ和尚は目を覚まされぬか」

本堂のほうから、警策《しぼ》を手にした蟹坊主がひたひたと歩いて来る。天暁が起きてこないことを嘆き悲しんで、萎んでいた。

蟹坊主は己の怪力を知らずに寺の坊主らを打ち据えてしまったことを反省し、人手の足りない江戸の寺を巡って、困っている坊主を助けることにしたそうだ。その力を活《い》かして荷運びなどをこっそりとやっているという。禅問答がしたくなったら太福寺に立ち寄って、天暁に問いを投げかけ、無言を解として受け取る――そうしてよすがを満たすつもりなのだそうだ。

「そう心配せずとも大丈夫だ。何日か休んでいれば元気を取り戻されるに違いない」

「ならばよいが……それなら、弥六殿。和尚が目覚めるまで、拙僧との問答に付き合《お》うてはくれぬか」

「いやあ、わたしは公案の類は得意じゃないんだよ。頭から湯気が出てしまう」

「では、あの烏天狗は」

「多少できるだろうけど……付き合ってくれないだろうな。面倒くさがりだからね」

「左様か……」

蟹坊主は肩を落とし、とぼとぼと去っていった。

弥六はやれやれと朝方に黒鉄が持って来た読売を片手に、四つ目の大福に口をつける。

「わたしがいないからと、随分好き放題やっているじゃないか」

弥六は慌てて大福を口の中に押し込み、後ろを振り返った。

「お、おひょうひゃま」

「本堂の掃除は済ませたのかい。雨だからといって、怠けてはいけない」

大福を無理矢理飲み込み、読売を尻の下に隠した。

「今からしようと思っていたところでございます。それよりも、お体はもうよいのですか」

「大丈夫だよ。世話をかけてしまったね」

「とんでもない。お早い快癒でようございました。それではわたしは、本堂の掃除を……」

「待ちなさい」

横合いからすっと伸びた手が読売を奪い取った。

「なになに。狐小僧が孔雀組を打ち倒した……八尺（約二・四メートル）もある大刀を振り回し、狐小僧の咆吼《ほうこう》が天に真っ黒な雲を引き寄せ、一歩を踏みしめただけで大地が轟《とどろ》く……こんなものをありがたがるなど、町の人々はどうかしているよ。見てごらん、この絵。化け物じゃないか」

「はい……」

「読売は勝手なことばかり書きすぎなのだ。そんなことだからお上《かみ》に禁じられるのだよ」

「おっしゃるとおりで」

「狐小僧はこんな化け物ではなくて、もっと立派な御仁《ごじん》だというのに」

「……え？」

天暁は呆然とする弥六に読売を返し、するすると庫裡《くり》へ戻っていってしまった。

呆然と立ち竦んでいる弥六のそばに、一羽のからすが飛んでくる。

「あの坊主、どういう風の吹き回しだ。熱でもあるのではないか」

「見たかぎりはお元気そうだけど……」

ふと、とある考えが頭を過《よ》ぎった。

——もしや、和尚さまは昨晩、狐小僧の正体に気付かれたのでは……。

「まさか、ね」

頭を振り、弥六は読売を強く握りしめた。

第三話◆飛縁魔《ひのえんま》

初夏らしい陽気である。

弥六《みろく》は押し寄せる眠気をこらえつつ、汁物の椀《わん》に口をつけた。縁側ではすねこすりたちが腹を天に向け、鼻提灯《はなちょうちん》をふくらませている。

「いやはや、おいよさんのこさえるふき味噌《みそ》はやはり絶品だね」

すぐそばで小さな妖怪が寝ているなど露《つゆ》も知らず、天暁《てんぎょう》は満面の笑みでみそがたっぷりとのった田楽《でんがく》を口に運んだ。おいよが作るふき味噌は甘さが控えめで、飯によく合うのだ。

今日の朝餉《あさげ》は炊きたてほかほかの玄米に、ふき味噌をのせた豆腐田楽、こごみの白和《しらあ》え、豆腐の味噌汁、漬物であった。弥六の膳《ぜん》には、まぐろのきじ焼きがついている。

春から初夏にかけてはふきやわらび、たらのめなど、さまざまな山菜が出回り、精進料理が華やかになる時季だ。天暁は中でもふきに目がなく、ふき料理が膳に載る日は飯を三杯ほど食べる。今朝もあっと言う間に一杯目を平らげ、二杯目ももうすぐなくなりそうな具合であった。

「和尚《おしょう》さま、おかわりはいかがですか」

骨女《ほねおんな》のおいよは待ちきれないと言わんばかりに、飯びつの蓋《ふた》に手をかけた。

「そうだなあ、もう一杯だけもらおうか」

「そんなことをおっしゃらずに、いくらでも召し上がってくださいまし。ふき味噌だけでなく、伽羅《きゃら》ぶきや、きんぴらもこさえてございますから……」

おいよは天暁から茶碗《ちゃわん》を受け取るが早いか、飯を山のようによそった。それだけではなく、厨《くりや》から伽羅ぶきを持って来て、問答無用で天暁の膳に載せた。

「参ったな、これではいくら飯を食べても足りないよ」

「よければ、お手伝いいたしましょうか」

弥六は期待に満ちた目で身を乗り出す。

「お前は自分が食べたいだけだろうに。……ほら、持っていきなさい」

弥六は伽羅ぶきを頂戴し、残り少なくなった飯の上にのせた。おかわりをしたいところだが、今日は普請《ふしん》の手伝いに行く予定がないため飯は七杯までである。

「そういえば、今日は何か予定はあるのかい」

「ありませんが……どうかなさいましたか」

「おときが言っていたけれどね、まつが拗《す》ねているようだよ。ここのところ藤屋《ふじや》に顔を出していないだろう」

「確かに、しばらく無沙汰《ぶさた》にしておりました」

藤屋は寛永寺《かんえいじ》の門前町に店を構える茶屋だ。主人である藤屋吉兵衛《きちべえ》の妻・おたけは、おときの妹にあたる。つまり、まつはおときの姪《めい》だ。

十を超えた頃から、弥六はおときに連れられ、たびたび藤屋へと足を運んだ。歳《とし》が近いということもあってか、看板娘のまつとはすぐに親しくなり、今では幼なじみのような間柄だ。まつのほうが一つ歳上だからだろうか、まわりからは姉弟のように見られている。

「やることがないのなら今日にでも顔を出してやりなさい。……ほら、少ないけれどこれで団子でもお食べ」

天暁は袈裟の袂《たもと》から小さな巾着《きんちゃく》袋を取り出した。入っているのは金子《きんす》だろう。

「よろしいのですか」

「茶だけ飲んで帰るというのも味気ないからね。余ったら、わたしとおいよさんに何か甘いものでも買ってきておくれ」

弥六はありがたく袋を受け取り、懐《ふところ》にしまった。藤屋へ行くと茶や団子を次々におかわりさせられるため、金がかかるのだ。ここのところ足が遠のいていたのは懐具合が寂しいというのが正直な理由であった。

「そうそう、道中は十分に気をつけるのだよ。昨日も湯島《ゆしま》で火付けがあったそうだから」

「藤屋は目と鼻の先でございますよ。仮に火付けがいたとしても、火を打ち起こしているうちに行って帰って来られるでしょう」

弥六は関心がなさそうに飯を掻《か》っ込んだ。しかし、内心は穏やかでなかった。

ここのところ、弥六がもっとも気にかけているのが火付けの件だ。

半月ほど前から、四谷《よつや》、音羽《おとわ》のあたりで小火《ぼや》騒ぎが続いている。看板や立木、家屋の壁が多少焦げる程度で大事には至っていないものの、どうにも頻度が多く、付け火であろうとして火付盗賊改方《ひつけとうぞくあらためかた》が調べにあたっている。

一方で、町人たちの間では「妖怪の仕業ではないか」という噂《うわさ》がじわりと広まっていた。半月ものあいだ火盗改《かとうあらため》の目を盗んで付け火を続けるというのは、そう容易《たやす》いことではない。何もない所から突然煙が立ったと口にする者や、宙に浮かぶ火の玉を見たと口にする者も現れているらしく、弥六は近いうちに孔雀組《くじゃくぐみ》が動き出すと踏んでいた。

「まあ、用心するに越したことはないよ。藤屋が狙われることだって十分あり得るのだからね。もし茶を飲んでいるうちに火事に巻き込まれでもしたら大変だ」

「そんなことを言ってはどこにも行けませせぬよ」

「それはまあ、そうだけれど」

「この弥六、無事にまつの機嫌を直し、土産《みやげ》をたくさん買って帰ってまいります。和尚様は大船に乗ったつもりでお待ちくださいい」

弥六は得意げにどんと胸を叩《たた》いてみせた。天暁はうなずいたが、その眉尻《まゆじり》は不安げに垂れ下がったままだった。

寛永寺へ続く下谷広小路《したやひろこうじ》はいつにも増して賑《にぎ》わっていた。梅雨《つゆ》入り前の快晴とあって、みなこぞって参詣《さんけい》に訪れているのだろう。

通りに並ぶ飯屋は出汁《だし》や醤油《しょうゆ》の匂いを漂わせており、参詣帰りの者たちはそれにつられて続々と暖簾《のれん》の奥へ吸い込まれていく。鮨《すし》の屋台も大賑わいで、列が出来るほどである。

弥六はぐっとこらえて、足早に藤屋へと向かった。

しかし、藤屋はかつてないほどの盛況ぶりである。店先に並んだ縁台はほとんど空きがなく、立って茶を飲む者までいる始末だ。まつはあちこちから声をかけられ、目を回している。

――間の悪いときに来てしまったな……。

弥六は夕方ごろ再び顔を出そうと踵《きびす》を返した。

「おおい、弥六」

店のほうから呼びかけられ、振り返る。

声をかけてきたのは若い二本差しだ。周りが大層混み合っているなか、その二本差しだけは縁台をゆったりと使い、つまらなそうに茶を飲んでいる。いくら混んでいても、みな、不機嫌な侍のそばに座るのは気が引けるのだろう。

「これは鷹之助《たかのすけ》さま、このようなところでお珍しいですね」

ほかの客たちをよそに、弥六は気安く二本差しの元へと駆け寄り、誘われるまま二本差しの隣に腰掛けた。

この端整な顔の侍は、名を坂口《さかぐち》鷹之助という。

横暴な者が多いとされる火盗改に籍を置きながら、大変思慮深く、敵意のない者には決して手荒な真似《まね》をしない。町人たちの困りごとにも親身に耳を傾け、労を惜しまずに手助けをする篤実《とくじつ》な男である。しかし、その一方でおそろしいほど表情に乏しく、人々からは「血の通わぬ男」と誤解され、不気味がられている。

弥六が鷹之助と知り合ったのは二年ほど前だ。大路《おおじ》を歩いていた時、匕首《あいくち》を持った男が走ってきたので咄嗟《とっさ》に取り押さえたが、偶然にもその男は鷹之助が追っていた盗賊だった。

その時の身のこなしと度胸を気に入られ、以来、弟分のように可愛《かわい》がってもらっている。時折、密偵の真似事などを頼まれることがあるのだが、駄賃を相当にはずんでくれるため、万年金欠の弥六にとってはありがたい存在であった。

「団子を食うであろう。十本ほどあれば足りるか」

「十分でございますが……今日はいくらかおあしを持っておりますので、ここはわたしが」

「気を遣わずともよい。浮いた金で和尚に美味《うま》いものでも食わせてやれ」

弥六の返答を待たず、鷹之助は忙しいまつを呼びつけて茶と団子を頼んだ。まつは弥六の姿に気付いて嬉《うれ》しそうに目を見開いたが、ほかの客に呼ばれ、忙《せわ》しなく立ち去っていった。

「今日はいつにも増して盛況だな。水茶屋であればほかにもいくらかあろうに」

「みな、まつが目当てなのでございましょう。先日、有名な絵描きに姿絵を描いてもらったそうでございますから」

「なるほど、それは混み合うのも道理だ。吉兵衛殿はまた腹を痛めておられるだろうな」

「まことに……」

上野で藤屋のまつを知らぬ者はまずいない。上野三美人の一人に数えられる器量よしで、その愛想の良さと花開くような笑顔も相まって、老若男女に人気である。大店《おおだな》の若旦那や旗本の息子までもが、まつの気を引こうと藤屋に通い詰めているという。

「かくいう某《それがし》も、まつに用があってな。そなたもそのクチか」

「わたしは単なる冷やかしでございますが……鷹之助さまはどのようなご用で?」

「少しばかり尋ねたいことがあるのだ。それ故《ゆえ》、手空《てす》きになるのを待っておるのだが、一向にその気配がない。間の悪い時に来てしまったやもしれぬ」

「いずれ落ち着きましょう。それまで、わたしでよければ、話し相手を務めさせて頂きますが……」

「元よりそのつもりだ。団子十本分は付き合ってもらわねばな」

鷹之助はわずかに目を細めた。これでも喜びを表しているのである。

「鷹之助さま、大変お待たせいたしました！」

やがて、まつが団子と茶碗二つを盆に載せて駆け寄ってきた。

柚葉《ゆずは》色の小袖《こそで》に前掛けをつけ、髪を流行の高島田《たかしまだ》に結った、瓜実顔《うりざねがお》の美人である。目尻が吊《つ》り上がった猫のような目元は、伯母《おば》のおときによく似ており、まつのお転婆《てんば》ぶりと気の強さを如実に表している。

「久しぶりにお会いできて嬉しゅうございます。……弥六も、随分としばらくですね。わたしのことなど忘れてしまったでしょう」

「拗《す》ねないでくれよ。ここのところ懐具合が寂しくて、どうにも足が向かなかったんだ」

「でしたら、顔だけでも見せに来てくれればよかったのに。半月も姿を見せないだなんて……ああもう、一寸《ちょつと》そちらに寄ってくださいまし」

まつは弥六を尻で押しやり、縁台にすとんと腰を落とした。鷹之助は気を利かせて端に動いてくれる――かと思いきや、微動だにしないため、弥六は両者に挟まれて文字どおり肩身の狭い思いをする羽目になった。

「客足は多少落ち着いたのか」

まつは茶碗を鷹之助へ差し出しつつ、首を横に振る。

「まだ忙しゅうございます。けれど梅吉《うめきち》兄さんが、せっかくみろ……鷹之助さまが来ているのだから、ご挨拶《あいさつ》してきなさいって」

「弥六との再会を邪魔してしまったようだな。すまぬ」

「違うのです。今のは言い間違っただけで……」

「用が済んだら疾《と》く立ち去るゆえ、許せ。そなたに訊《き》きたいことがあるのだ」

「まあ、わたくしに？　一体どのような……」

「妖怪について訊きたい」

途端に、場の空気が強《こわ》ばった。

まつも目を見開いたが、深く溜息《ためいき》をつくと、まっすぐに鷹之助を見据えた。

「妖怪のことでしたら、孔雀組にお尋ねになっては……」

「連中には頼れぬ。火盗改と孔雀組がどのような間柄か、そなたも知っておろう」

「それは、まあ……」

火盗改――特に現長官の岡部忠英は、孔雀組を目の敵《かたき》にしている。というのも、孔雀組が結成されて以降、火付けや盗みは妖怪の仕業とされることが多くなり、火盗改が活躍する機会が減ってしまったのだ。長官の岡部はそれを「顔に泥を塗られた」と逆恨みしており、与力や同心らに孔雀組を頼ることを固く禁じているのだという。

「頼む、まつ。そなたの知識の深さは孔雀組にも引けを取らぬ」

まつはまんざらでもなさそうにはにかんだ。

吉兵衛が胃を痛めている理由は正《まさ》しくこれである。この時世にもかかわらず、まつは妖怪に強い関心を抱いているのだ。

物心ついたときには妖怪のことが気になって仕方がなかったそうで、幼い頃から物知り婆《ばば》や法師に話を聞かせてもらっては、熱心に妖怪の姿絵を描き記していたという。いまはとりわけ狐小僧《きつねこぞう》に熱を上げており、ひと目見たいと夜更けに家を抜け出したことまであるらしい。

もちろん、孔雀組に知れればただでは済まない。そのことはまつも十分承知で、普段は妖怪に関心があることは隠している。しかし、客の前で狐小僧の話に目を輝かせたり、孔雀組の横暴に怒ったりと、どうにも詰めが甘く、吉兵衛はまつが客と話をするたびに「孔雀組に密告されるのでは」と胃薬を手放せずにいた。そして今日も、

「わかりました。そこまでおっしゃるのであれば、お話だけでもおうかがいしましょう」

鷹之助はうなずき、まつへと顔を寄せた。まつも弥六を挟むようにして鷹之助へと顔を

寄せる。まつ目当ての男衆の視線がちくちくと刺さった。

「火にまつわる妖怪について知りたい。思い当たるものはないか」

「火、でございますか。名の知れたものですと輪入道《わにゅうどう》やふらり火、いたちなどがおります。狐火《きつねび》や火の玉などの怪火も、妖怪の仕業とされることが多うございますね」

「その中に、人に取り憑《つ》く妖怪はいるか。取り憑いた者の周りで付け火をする妖怪だ」

「取り憑くとなると……いたちなぞは狐狸《こり》の類《たぐい》と同じく人に憑くと言われております。けれど、付け火をするとは聞いたことがございません。吐く息が火になるそうなので、周りのものが焼けても不思議はありませんが……」

「そのいたちとやらの弱点を知りたい」

まつは困ったように眉を顰《ひそ》めた。

「妖怪は我々の手では退治できませぬ。退治をされたいのであれば、やはり孔雀組か、あるいは法師さまなどに頼るほかないかと……」

「左様か」

鷹之助は顎に手をやった。表情はほとんど変わらないが、困っているようである。

「……鷹之助さま」

弥六は鷹之助へ顔を近づけて小声で問うた。

「そのお話、もしや、ここのところ続いている小火《ぼや》騒ぎと何か関わりが？」

「相変わらずそなたは鋭いな」

まつが弥六の肩をぽかぽかと叩きながら「のけ者しないでくださいまし」と怒っている。

鷹之助は溜息まじりに頭を振り、まつのほうへと体を向けて前屈《まえかが》みになった。

「これから話すことは他言無用だ。よいな」

弥六も、まつも神妙な顔でうなずく。

「ひと月ほど前、某《それがし》は長らく追っていた盗賊の頭《かしら》を見かけ、後をつけた。しかし深追いしすぎてしまい、気づいた頃には敵に囲まれていてな、不覚にも背を斬りつけられてしまったのだ。からがら切り抜けたものの、夜更《よふ》けゆえ人もおらず、血も止まらぬ。もはやこれまでと覚悟したが、そこへ偶然にも女がふらりと通りかかって某を助けてくれた」

まさか、鷹之助がそのような目に遭っていたとは――と、弥六とまつは顔を見合わせた。

「某は二日寝込んでいたようだが、そのあいだ女は付きっきりで面倒を見てくれていたらしい。名をお七《しち》といって、身寄りのない独り者なのだという。某は恩返しをさせてほしいと願い出た。するとお七殿が『恩返しというならば、三日に一度ほど話し相手になってほしい』と言うので、某は長屋へ通うようになった」

まつは弥六の腕にしがみついた。話に妖怪が出てくると見て、落ち着かないのだろう。

「半月ほど経《た》った頃だ。某はいつものように長屋を訪れた。茶の支度をするお七殿を眺めていると、突然その背中に火がついたのだ。幸いすぐに消すことができたが、袖ならばまだしも背に急に火がつくというのはおかしな話であろう」

「さようでございますね」

　弥六はうなずく。

「お七殿は観念して委細を打ち明けてくれた。なんでも、付け火を好む妖怪に取り憑かれており、たびたび身の回りで火の手が上がるのだという。そのため住まいを転々としているのだそうだ」

「孔雀組にはそのことを届けていないのですか」

「お七殿の兄は、二年ほど前、妖怪と通じているという疑いで孔雀組に引っ立てられ、酷《ひど》い尋問の末に命を落としたのだという。ゆえに、孔雀組とは関わりたくないのだそうだ」

兄が妖怪と通じていると嫌疑をかけられたのであれば、妹のお七も同様に疑われるのは想像に難くない。孔雀組から距離を置きたい気持ちもうなずける。

「それ以来、某はお七殿から避けられていてな。いつの間にか麴町《こうじまち》の長屋も引き払って、行方知れずになってしまった。あちこちで小火騒ぎが起き始めたのと、ちょうど時期が合うのだ」

「つまり……鷹之助さまは、お七さんに取り憑いた妖怪が付け火をしているとお考えで？」

「あり得ぬとは言い切れまい。今は我々火盗改が調べにあたっているが、もし妖怪の仕業ということになれば、此度《こたび》の件はたちまち孔雀組の手に渡るであろう。そうなれば、お七殿の身に危険が及ぶやもしれぬ」

「それで、事が大きくなる前に妖怪を退治しようとお考えになったわけですね」

「うむ。浅慮であることは承知の上だが……どうした、まつ。そのような顔をして」

まつは妖怪の話に興奮している――かと思いきや、弥六の作務衣《さむえ》をきゅっと摑《つか》んでうなだれていた。眉尻が叱られた幼子のように垂れ下がっている。

「わたくしは恥ずかしゅうございます。お七さんという方のご苦労も考えず、妖怪の話とみるや一人のぼせあがってしまって……」

まつは勢いよく面《おもて》を上げた。

「鷹之助さま。わたくしにもお手伝いさせてくださいまし。火の妖怪のこと、できる限り調べてみることにいたします。何かわかりましたら、すぐお報《しら》せいたしますので」

「よいのか」

「鷹之助さまのお役にたてるのであれば光栄でございます」

弥六はまつを遮るように、鷹之助と顔を合わせた。

「お待ちください。お気持ちはわかりますが、単身で妖怪を退治なさろうとするのは危のうございます。それに、あまり深入りされては鷹之助さまのお立場が……」

「うむ。妖怪に関わっていると知れればただでは済むまい。それでも、某はお七殿を放ってはおけぬ」

「なにゆえ、そこまで。命を救ってもらった恩であれば、すでに」

「……お七殿には、仕合わせになってもらいたいのだ」

鷹之助が湯飲みを持つ手に力を込めたのを、弥六は見逃さなかった。

「お七殿は不幸な女だ。早々に両親《ふたおや》を亡くし、兄も喪《うしな》った。だというのに決して人を恨まず、某のつまらぬ話にもころころと笑う。恩返しのはずであったのに、いつしか某の方がお七殿と会うことを心待ちにしていた」

鷹之助は俯《うつむ》いた。やはり表情には一切の変化がないが、耳の先がかすかに赤らんでいる。

――なるほど、そういうことか……。

どうやら、鷹之助はお七に想《おも》いを寄せているようだ。今まで浮いた話をまったく聞かなかったため些《いささ》か意外ではあるが、鷹之助も人の子だ。誰かを好くこともあるだろう。

「事情は承知いたしましたが、やはり――」

その時、近くからからすの鳴き声が聞こえた。黒鉄《くろがね》である。

時を同じくして、二軒先の菓子屋がにわかにざわつき始めた。よく見ると、菓子屋の壁から黒い煙が立ち上っている。

「いかん」

鷹之助はすぐさま菓子屋のほうへと駆けていった。弥六も後を追う。

菓子屋の主人や近所の人々は慌てて壁に水をかけていた。通りかかった者たちも血相を変えて「火の手だ」「火事だ」と叫んでいる。

火自体はさほど大きくないようだが、油断はできない。

「弥六、そなたは念の為、火消しを呼んできてはくれぬか」

「おまかせください」

弥六は人だかりを抜けだして走った。遅れてからすがひと鳴きし、弥六とは逆の方向へと消えていった。


菓子屋の小火《ぼや》はすぐに収まった。

火が消えたあと、弥六は鷹之助と共に菓子屋を調べたが、火種らしきものは一切見当たらなかった。火は壁の中ほどから広がっていたため、煙草《タバコ》の不始末などによる発火ではない。菓子屋の主人いわく、行灯《あんどん》や燭台《しょくだい》に火はつけていなかったということなので、店の内からの発火でもなさそうだ。

鷹之助は付け火を疑い、周りの者に話を聞いて回った。しかし、みな「気付いたら煙が立っていた」と言うばかりで、火付けの姿を見た者は一人もいなかった。

——まさか、和尚さまの心配が当たってしまうとはなあ。蟹坊主の一件以来、妙に勘が鋭いような……。

弥六は土産の団子と大福を手に、とぼとぼと帰路についていた。

藤屋から太福寺へ帰るには、寛永寺境内《けいだい》の東側にそって行けばすぐである。しかし弥六はあえて遠回りをし、武家屋敷が建ち並ぶ人気《ひとけ》のない道を歩いていた。辺りに誰もいないことを確かめ、指笛を吹く。少しして、どこからともなく飛んできた黒鉄が弥六の肩にとまった。

「何かわかったかい」

「一人、騒ぎから慌てて離れていった女がいた。神田《かんだ》あたりまでは後を追ったが、その後どこへ向かったかはわからん」

「お前が見失うなんてめずらしいね」

「追うのをやめただけだ。おれがいない間に主人が丸焦げになっては困るからな」

「あの程度の小火で丸焦げになるわけないだろ。わたしをなんだと思ってるんだい」

「まあ、女の顔は覚えているから、二日もあれば見つけ出せるだろう。お前が朝寝坊をしている間に探してきてやる」

「頼んだよ。それはそうと……鷹之助さまの話、お前はどう思う」

鷹之助とまつはまったく気付いていなかったが、三人でこそこそと話をしているとき、黒鉄はずっと近くの木にとまっていた。相当に耳が良く、話をすべて聞いていたのだ。

「茶汲《ちゃく》み女はいたちの仕業だなどと適当なことを言っていたが、おそらく違う。化《ば》けいたちは寄り集まって気を吐き、火柱を立てる妖怪だ。連中の仕業であれば小火では済まない」

「かといって、人に取り憑いて付け火をする妖怪となると、ほかに何も――」

言い終える前に、黒鉄はどこかへと飛んでいった。人の気配を察知したのだろう。

しばらくして、前方の辻《つじ》から木屑《きくず》売りが姿を見せた。木屑売りは「きくずぅ、きくずぅ、悋気《りんき》の火の玉よりよく燃えるよぉ」と声をあげながら、下谷広小路のほうへと歩いていった。

二日後、黒鉄は宣言どおり女の居場所を突き止めた。

女は芝・幸橋御門《さいわいばしごもん》近くの桜田伏見町《さくらだふしみちょう》に住む独り者で、名をお七というらしい。前に住んでいた長屋に故《ゆえ》あっていられなくなり、半月ほど前に伏見町の竹蔵《たけぞう》長屋へ越してきたのだそうだ。

偶然にしては出来すぎている。伏見町のお七――つまり、小火《ぼや》騒ぎから逃げ去っていった女は、鷹之助が探しているお七と同じ人物とみて間違いないだろう。

それから二日、弥六は寺の仕事や普請の手伝いの合間を縫って、ひそかにお七を見張った。表店《おもてだな》の蠟燭《ろうそく》屋の裏に大ぶりの椿《つばき》の木があり、その陰に身を潜めていると、ちょうどお七の部屋の板戸が正面に見えるのだ。

お七は奇妙な女だった。日に何度も家を出て、江戸中をうろうろと歩き回るが、買い物などは一切しない。家にいる間は近所の男が代わるがわる訪ねてきて、半刻《はんとき》ほど過ごしていくが、黒鉄が言うには、同衾《どうきん》はせずにただ茶を飲んで帰っていくのだという。弥六は今日も朝から様子を窺《うかが》っていた。しかし、お七は早朝に四谷のほうへ出向いたきりで、その後はずっと家にこもっていた。

――このままずっと見張っていても埒《らち》があかないな……。

そろそろ、近所の者たちが弥六を怪しみだしてもおかしくない頃合いである。すでに蠟燭屋には、通りかかるたび「どうせ買わないんだろう」などと嫌味を言われる始末だった。

「いっそ、直《じか》に話を聞きにいってしまうのはどうだろう。こうして様子を窺っていても、何にもならないし……」

木の枝にいるであろう黒鉄に話しかけたつもりだったが、返ってきたのは黒鉄の声ではなかった。

「賛成でございます。さすがのわたくしも、いささか周りの目が気になって参りました」

弥六は咄嗟《とっさ》に声の主《ぬし》から距離を置いた。背後にいたのは二十代半ばほどの、眼鏡《めがね》をかけた総髪《そうはつ》の男であった。

――油断した。真後ろにいたのに気がつかないなんて……。

嫌な汗が背中に滲《にじ》む。もしこれが夜更けで、後ろにいたのが火盗改や孔雀組の同心であったなら、今ごろ首と胴体が離れていただろう。

「おや、そこまで驚かれるとは。てっきり、わたくしに話しかけておられるのかと思いましたが」

「独り言のつもりでございました。まさか、後ろに人がいるとは思わず……」

「それは申し訳ない。よく気配がなくて幽霊のようだと言われるのです。……申し遅れました。わたくし、品川で鍼《はり》医者をしております、南條明親《なんじょうあきちか》と申す者です。どうぞお見知りおきを。貴方《あなた》さまは？」

　随分と声が大きい。そのうえ、距離が近い。

「しがない寺男でございます。名を、弥六と……」

「弥六どの！　これはまた縁起の良い名前でございますねェ。こうしてお会いしたのも御《み》仏《ほとけ》が結んでくだすったご縁でございましょうなあ」

　息がかかるほど顔を近づけられ、弥六はたまらず身を引いた。

「南條さまは、ここで何をしておられるので」

「もちろん、貴方さまと同じでございますとも」

「……は？」

　同じということは、南條もお七を火付けと怪しんで見張っているのだろうか。だとすれば、この男は一体何者だ。

「なぁに、隠さずともよろしい。お七どのは大層な美人でございますからね、心奪われるのは当然というもの」

――ん？

「つまり、わたくしと弥六どのは恋敵《こいがたき》ということになりましょうな。この南條、相手が若者でも容赦はいたしませぬぞ」

話がおかしい。

「確かに、わたくしはお七どのに心奪われてからというもの、このように様子を窺うことしかできずにおりました。しかし、今日のわたくしはひと味違います。この南條明親、今日こそお七どのに思いの丈をお伝えしてみせますとも」

「はあ」

どうやら、南條はお七に惚《ほ》れているようである。

――肝を冷やして損をしたな……。

弥六は苦笑しつつ、安堵《あんど》の溜息を漏らした。

ふいに、長屋のほうから板戸の開く音が聞こえ、お七が困惑したように眉尻を下げながら姿を見せた。

「あの、先ほどからわたくしのことを話しておられるようですが、何かご用でしょうか」

お七の突然の登場に、南條は顔を真っ赤にして弥六の後ろに隠れる。

「南條さま、どうなさったので」

「いざとなると緊張してしまって……。弥六どの、お頼み申します」

弥六は溜息をつき、お七に向き直った。

「お騒がせして申し訳ありません。少しばかりお話をしたいことがあるのですが、今、よろしいでしょうか」

「かまいませんよ。どうぞ、あがってくださいまし。大しておかまいもできませんけれど」

「ありがとうございます。では、失礼をして……」

思いのほかあっさりと事が運んだ。

弥六は石のようになってしまった南條を引っ張り、お七の後についていった。

「白湯《さゆ》でございますが……」

湯飲みを差し出してきたお七と目が合い、弥六は思わず視線を逸《そ》らした。

部屋にあがってからというもの、どうにも落ち着かない。南條もよほど緊張しているのか背筋をぴんと伸ばしたまま動かずにいる。

お七は、ぞっとするほど美しかった。

歳の頃は二十代の半ばといったところであろうが、その割には仕草や表情がやけに婀娜《あだ》になる。

っぽい。濡《ぬ》れた瞳は底なし沼のように暗く、長く見つめていると危うく呑《の》み込まれそうになる。

「それで、わたくしにどのようなご用でございましょう」

弥六と南條は顔を見合わせた。どちらが先に口を開くのか、という無言の攻防である。

しばらくして、南條は前のめりになって話の口火を切った。

「この南條明親、以前、町中でお七どのをお見かけして以来、寝ても覚めても貴女《あなた》さまのことばかり考えております。貴女さまの顔を一目見るべく、毎日品川から足を運んでいる始末でございまして。それで、ここのところどうも、お七どのの顔色が悪いようにお見受けして、心配を……いえ、名乗るのが先でございましたね。わたくしは品川で鍼医者をやっております南條明親と申します」

早口で捲《まく》したてられ、お七は困惑したように目をしばたたいた。

「患者は百姓の老人ばかりでさほど儲《もう》かってはおりませぬが、たびたび野菜なぞを頂けるので食うには困っておりませぬ。先日も腰を悪くしている爺《じい》さまが芋《いも》を山ほど持って来てございまして。余計に腰を……などという話はさておき、貴女さまのお体の調子がどうにも気がかりでございまして。よければ診《み》させていただけやしないかと思い、こうしてお伺いした次第なのですが……」

「わたくしのような者を気にかけてくだすってありがとう存じます。けれど、実はわたくし、鍼が大の苦手でございまして」

「それは大変だ。でしたら、脈を触れるだけでも」

「お気持ちは大変嬉しいのですが……」

「さようで……」

南條はがっくりと肩を落とした。

下心があったのか、あるいは本当にお七の身を案じていたのかは定かでないが、見ず知らずの男に診察をしたいと言われて、首を縦に振る女はそう多くないだろう。お七が温和な性質《たち》でなければ、今ごろ「この助平」と怒鳴られ、叩き出されているところ――。

「南條さま。わたくしのことを気にかけてくださるのであれば、時折、こうしてお話をしに来てはくださいませんか」

南條は勢いよく面を上げた。その傍《かたわ》らで、弥六も思わず目を丸くしてしまった。

「よろしいので？」

「もちろんでございます。面白いお話をたくさん聞かせてくださいまし」

魔性の微笑《ほほえ》みである。

「ところで、あなたさまは……」

お七の黒い目が弥六へと向けられる。まるで獲物を見据えるかのような視線だ。

弥六はたまらず唾を呑み込んだ。

「どこかでお会いしたことがございました？」

「初めてかと存じますが」

「そうでしたか。それはとんだ失礼を。あなたさまは、南條さまの付き添いで？」

「いえ、わたしもお七さんに用がございまして……」

勢いのままに部屋へあがってしまったが、一体何の話をすればよいのか。南條がいる場で妖怪について尋ねるわけにはいかないし、小火騒ぎの件について訊くのも折が悪い。

——今、話ができるといったら、鷹之助さまのことくらいか……。

「知り合いが人を探しているのです。尋ね人はお七さんという方で、半月ほど前に行方が知れなくなったのだとか」

「確かにわたくしは七という名でございますが、お知り合いというのは」

「坂口鷹之助というお侍さまでございます」

瞬時に、お七の目の色が変わった。

「鷹之助さまが、わたくしを探していらっしゃるのですか」

「はい。どうしても恩を返したいと……」

お七は目を伏せ、溜息をつく。

「鷹之助さまがどのように思っておられようと、わたくしは金輪際《こんりんざい》会うつもりはございません。そのようにお伝えください」

思いもよらぬ返答に、弥六は面食らった。慌てて返答しようとするも、お七は遮るように言葉を重ねる。

「鷹之助さまのお知り合いと存じておりましたら、家にあげはしませんでした。申し訳ありませんが、お引き取りくださいまし」

「どうか、聞いてください。鷹之助さまは――」

「お引き取りください。さあ、お早く！」

とてつもない剣幕だ。傍らの南條はすっかり竦《すく》み上がっている。

ふと、焦げくさい臭いがした。かまどの火は消えている。

煙はお七の膝下から立ち上っていた。

弥六は視線だけを動かし、素早く辺りを見回す。

妖怪の姿はない。気配もない。

「お七さ――」

「失礼をいたしました！　わたくしどもは、これでごめんを……」

弥六は南條に腕を引っ張られて外へと連れ出された。南條は思いのほか力が強く、そのまま表通りへ引きずられていく。ちょうど露地を抜ける頃、板戸を乱暴に閉める音が聞こえた。

「いやあ、驚きましたね。美人が怒ると怖いというのはまことでございました」

桜田伏見町からすっかり離れたところで、南條は大きく溜息をつく。

「弥六どの、そう気落ちせずに。きっと虫の居所が悪かったのでございますよ。お七どのも人の子でございますから、そういうこともございます」

「しかし、あの剣幕はあまりに……」

「鷹之助さまというお侍さまと、何かしらあったのでございましょう。他人様《ひとさま》の事情に深入りするのは野暮というものです」

懸命に励まされ、弥六はともかくうなずいた。

「いやはや、弥六どののおかげで、お七どのと話をすることが叶《かな》いました。この恩は忘れませぬ。近いうちに礼をさせてください」

遠くから九つ（正午）を知らせる鐘の音が聞こえてくる。南條は「あっ」と声をあげ、弥六から離れた。

「患者が訪ねてくる予定なのでした。これはいけない。……それでは弥六どの。わたくしはこれでごめんをいたします。近いうちにまたお会いいたしましょう」

南條は早口で捲したてると、踵《きびす》を返して立ち去っていった。


その日の夜、弥六は狐小僧として再び桜田伏見町へ向かった。

道中、黒鉄の脚に摑まって空から偵察をしたが、小火《ぼや》が起きている様子はない。見かけるのは〈火盗〉の提灯を持った同心ばかりだ。小火騒ぎが妖怪の仕業とされる前に、自分たちの手で火付けを捕らえようと躍起《やっき》になっているのだろう。

火盗の提灯を目にするたび、弥六は鷹之助のことを思わずにはいられなかった。

孔雀組に報せを出さずに動いている以上、「妖怪と通じている」として引っ立てられることは十分あり得る。それを承知のうえで、鷹之助はお七のために、妖怪を退治しようとしている。

鷹之助があまりに不憫《ふびん》だ。好いた女に避けられているとも知らず、己《おの》が命をかけて妖怪退治に奔走するなど。

お七はなぜ、鷹之助を嫌っているのだろう。あの様子からしてただならぬ理由があるのだろうが――。

「ん……」

焦げたにおいが弥六の鼻をかすめた。

「前を見ろ。まずいことになった」

黒鉄に声をかけられ、弥六は面を上げた。

町の一角が橙《だいだい》に染まっている。方角からして、ちょうど桜田伏見町あたりだろう。

あれは小火ではない。火事だ。

「黒鉄、急いでくれ」

黒鉄は大きく羽ばたくと、凄《すさ》まじい勢いで橙の空へと向かっていった。

桜田伏見町はひどい有様だった。

昼に訪れた長屋はすっかり炎に包まれており、表店にも火の手がまわっている。火消したちは隣町へ延焼する前に消火をしようと躍起になっているが、火は勢いを強めるばかりだ。

「まだ中に人がいるんだよぅ！」

怒号と半鐘の音にまじって、切羽詰まった女の声が聞こえてきた。中年の女が中へ飛込もうとして火消し人足に取り押さえられている。少し離れた所では、煤《すす》まみれの幼子が母を呼びながら泣きじゃくっていた。

「放しておくれよ、このままじゃ二人がおっ死《ち》んじまうよ！」

「馬鹿言ってんじゃねぇ、おめぇが行ってどうなる。燃えちまわぁ！」

「だったらお前さんが助けに行っておくれよ、火消しなんだろう！」

言い争っているあいだにも、長屋では柱が崩れ、火柱が噴き上がっている。

弥六は黒鉄の脚から手を放し、長屋の近くに着地した。そのまま瓦礫《がれき》を蹴飛《けと》ばして中へと入っていく。火消し人足が何か叫んでいたが振り返りはしなかった。

――急がないと……。

降ってくる木片を払いながら、逃げ遅れた者の姿を探す。

炎の音にまじって、女の泣く声が聞こえる。弥六は壁を蹴破り、どんどんと奥へ進んだ。

ひときわ焼け焦げている部屋を抜けた先で、臙脂《えんじ》の小紋《こもん》を着た女が、泣きながら倒れた柱を抱え起こそうとしている。何者かが柱の下敷きになっているようだ。

「下がっていろ」

弥六は急いで女の元へ駆け寄り、柱をどかした。

下敷きになっていたのは、長屋の女房風の中年女だった。あちこちに火傷《やけど》を負い、ぐったりとしているが、まだ息はある。

弥六は中年の女を軽々抱え、小紋の女も腕を引っ張って立ち上がらせた。そこでようやく、泣いている女がお七であることに気付いた。

「おし……」

名を言いかけ、慌てて口を噤《つぐ》む。狐小僧がお七の名を知っていてはおかしい。

お七はまったく火傷を負っていなかった。焼けた柱を摑んでいたはずなのに、その手は白く美しいままだ。熱さに苦しむ様子もない。

「狐小僧さま。どうかわたくしにかまわず行ってくださいまし」

お七は弥六の手を振り払い、よろめくように後ろへ下がった。

華奢《きやしゃ》な体が火に包まれる。切れ長の目からこぼれる涙は水煙となって、炎の中に消えていった。

「このままでは死ぬぞ、共に来い」

「いけませぬ。わたくしがいては、また燃えてしまいます」

髪が燃え上がる。まつげにまで火が点《とも》っている。

――いや、違う。

弥六はようやく気付いた。火は、お七の体から出てきている。

「わたくしはただ、あのお方を……」

言葉をかき消すように、弥六とお七の間に焼け焦げた柱が倒れてきた。それを皮切りに天井の木板や梁《はり》が次々と落ちてくる。

――だめだ、もう崩れる……!

降ってきた柱を拳《こぶし》で突き飛ばし、壁を蹴破って外へと飛び出す。弥六が外へと出た刹那《せつな》、長屋は音を立てて崩れ落ちた。

「出てきたぞ！」

先ほどの火消し人足と女が駆け寄ってくる。

「おめぇ、大した度胸だな！　そんな小さいナリで……」

火消し人足は弥六の顔――いや、狐面《きつねめん》を見るなり、口を開いたまま動きを止めた。弥六は抱えている中年女に息があることを再度確認し、火消し人足へ押し付ける。

「ほかに逃げ遅れた者はいるか」

「きっ、きつね……⁉」

「答えろ」

一喝を受け、火消し人足は我を取り戻したようだった。

「ほかにはもういねぇはずだ。みんな無事――」

「馬鹿っ、お七さんがまだ出てきてないよぅ！」

女は火消し人足の腕を掴み、乱暴に揺さぶる。直後、長屋から大きな柱が吹き上がり、二人は揃《そろ》って顔を青くした。

そこへ、炎の音さえ凌《しの》ぐ大声が辺りに響き渡った。

「貴様、狐小僧かッ」

姿を現したのは火盗改の者たちだ。先頭には火事装束《しょうぞく》に火事兜《かぶと》を被《かぶ》った、険しい顔の男が立っている。火付盗賊改方の現長官・岡部忠英である。

「火付けの正体が貴様であったとはな。今日という今日は逃さぬぞ」

「待ってくれ、お役人様よぉ！」

火消し人足が弥六の前に立ちはだかる。

「狐小僧が火付けだァ？　馬鹿言うなぃ！　このお人はなぁ、逃げ遅れた女を助けてくだすったんだ。遅れてやってきたてめぇらとは大違《ちげ》ぇよ」

「ええい、黙れ！　……狐小僧よ、神妙に縛《ばく》につけぃ！」

岡部の合図と共に、大勢の役人が弥六へと向かっていく。

弥六はすっと手を上げた。役人らが何事かと二の足を踏んでいる隙《すき》に、飛んできた黒鉄の脚を摑んで宙へと浮かび上がる。幾人かの役人は弥六を捕らえようと飛びかかったが、弥六の爪先に触れることすら叶わず、煤《まみ》に塗れた地面を滑っていった。

「飛んだぞ、やはり羽が生えているんだ」

「次は目から雷《いかずち》を放つぞ！」

住民や火消したちが好き放題に騒いでいる。「よっ、狐小僧」とかけ声を飛ばす者もいた。

「お七とかいう女は芝のほうへ走っていった。どうする」

黒鉄が低い声で口にする。

「追いかけよう。放ってはおけない」

「承知した」

弥六と黒鉄は、そのまま南のほうへと飛んでいく。岡部は「逃げるか、化け物」と叫びながら十手《じって》を振り回し、地団駄を踏んでいた。

昨晩、弥六は空が白んでくるまで江戸中を探しまわったが、お七の姿は終《つい》ぞ見つからなかった。

伏見町の火事はあれから半刻ほど後に収まったらしい。人死にはなく、大きな怪我《けが》をした者もほとんどいなかったそうだ。弥六が助けた女も、あのあと無事に目を覚ましたという。

一夜明け、弥六は朝餉《あさげ》もそこそこにして、再び桜田伏見町へと向かった。

伏見町の周りには未《いま》だに煙の臭《にお》いが充満していた。昨日訪れた長屋はもはや跡形もなく、表店も真っ黒く焼け焦げている。隣町に延焼しなかったのは不幸中の幸いといえよう。

弥六は様変わりしてしまった伏見町をぼんやりと見つめた。

炎のなかで涙を流すお七の顔がいつまでも瞼《まぶた》の裏に焼き付いて離れない。火に包まれてもなお、お七はぞっとするほど美しいままだった。

おそらく、火付けの妖怪とはお七自身のことなのだろう。

本来、人や動物に化けている妖怪は独特な気配があり、人は騙《だま》せても妖怪を騙すことは難しい。しかし、なかには太福寺に住む玉吉《たまきち》のように、妖怪の目すら欺《あざむ》くほど完璧に変化《へんげ》をする者がいる。お七も変化を得意とする妖怪であるのなら、半妖《はんよう》の弥六がその正体を見抜けないのも道理である。

お七が妖怪であったとして、気になるのはそのようすがだ。昨晩、お七は火事が起きたことを悔いている様子だった。火付けをよすがとしているのであれば、あのように悲しげな表情は見せない。鷹之助や弥六が訪ねてきているときに小火《ぼや》を起こしたのも妙だ。なぜ、孔雀組に目をつけられる危険を冒してまで、人前で火をつけたのか。

「そなた、弥六か?」

弥六ははっと面を上げた。

いつの間にか、近くに鷹之助の姿があった。少し離れたところに立っている小柄な男は、鷹之助が使っている岡っ引きの吉助《きちすけ》だ。

「お勤めご苦労さまでございます。ぼうっとしておりまして、まるで気付きませんでした」

「このようなところで何をしておるのだ」

「偶然近くを通りかかったところ、なにやら焦げ臭く、様子を見に来たのでございます。いやはや、随分とひどい有様で……」

「弥六よ。見え透いた嘘《うそ》はよせ」

ぴしゃりと言い捨てられ、弥六は作り笑いを浮かべたまま押し黙った。

「気付いておらぬやもしれぬが、そなたは何かを誤魔化すとき目を逸らす癖がある。……

ここに用があって参ったのだろう。正直に申せ」

射貫《いぬ》くような視線である。

弥六は観念し、溜息をついてから口を開いた。

「実は、鷹之助さまの話を聞いてからというもの、ずっとお七さんの行方を探っておりました。桜田伏見町で暮らしていると知り、様子を窺っていたところ、声をかけられまして」

「話をしたのか」

「はい。家にあげていただきました。それがちょうど昨日の昼のことでしたが、その晩に伏見町で火事があったと知り、居ても立ってもいられず……」

「左様であったか」

鷹之助は思案するように口元へ手をやる。

「お七殿は、某のことを何か言っていなかったか」

「………」

口にしようとしたが、言葉が出てこなかった。

「弥六、頼む。教えてくれ」

――これは、正直に言うほかないな。

「……金輪際、鷹之助さまと会うつもりはない、と」

鷹之助はゆっくりと瞬《まばた》きをした。表情こそ大きく変わらなかったが、その瞳には悲しげな色が滲んだように見えた。

「申し訳ありません。出過ぎた真似をいたしました」

「いや、よいのだ。むしろ、お七殿のお心が知れてよかった」

鷹之助は突然辺りを見回したかと思うと、吉助に何かを言付《ことづ》け、弥六の腕を引いて人気のない裏道まで移動した。

「……火盗改は今、火付けの疑いがあるとしてお七殿の行方を探っている。見つからぬようであれば、人相書きを出すことも辞さない構えだ」

どきり、とした。お七の正体がすでに知れ渡っているのかと思ったのだ。だが孔雀組ではなく火盗改が動いているということは、正体が妖怪であることはまだ知られていないようである。

「なにゆえ、お七さんを」

「昨夜、お七殿が部屋に火をつけているところを見たという者がいるのだ。他の者達も、火の手はお七殿の部屋から上がったと申しておる。焼け跡から人骨は見つかっておらぬゆえ、おそらくまだどこかで生きておるだろう。身を隠しているのやもしれぬ」

「鷹之助さまは、どうなさるおつもりで」

「背に腹は代えられぬ。今日にでも孔雀組へ仔細《しさい》を申し伝えるつもりだ。お頭の耳に入れば某も間違いなくお咎《とが》めを受けることになろうが……致し方あるまい」

——まずいな……。孔雀組が出てくるとなると、こちらも動きづらくなる。

「お七さんは孔雀組とは関わりたくないとおっしゃっていたのでは」

「わかっておる。しかし、このまま放っておけば、お七殿は火罪に処せられるであろう。お頭は度重なる小火騒ぎもお七殿の仕業と見ている。酌量の余地はあるまい」

果たして火盗改がお七を捕まえられるかどうかはさておき、付け火は大罪だ。火付けは市中引き回しのうえ、火炙《ひあぶ》りにされる。

だが、もしお七が妖怪であれば、火盗改よりも孔雀組のほうがはるかに始末が悪い。どれだけ人に化けるのが上手《うま》かろうと、孔雀組が使う例の呪符《じゅふ》をやり過ごすのは困難だろう。

孔雀組が動き出す前に、何としてもお七を見つけ出さなくては。

「そのような事情故……弥六よ、そなたはこれ以上お七殿には関わるな。そなたまで孔雀組に疑われかねん」

鷹之助は用心深く辺りを見回し、弥六に顔を寄せた。

「お七殿と会ったことは誰にも言うな。某と知己であることも不用意に口にせぬ方がよい。孔雀組に何か尋ねられたら、何も知らぬと答えよ。よいな」

有無を言わさぬ目つきである。弥六は開きかけた口を閉ざした。

「まつにも、火付けの妖怪から手を引くようにと伝えてくれ。あの娘のことだ。おそらく今も妖怪について調べているに違いない」

「……わかりました」

「頼んだぞ」

鷹之助は無表情のまま弥六の肩を叩くと、焼けた伏見町のほうへと戻っていった。

「――と、いうわけなんだよ」

弥六は上がり框《かまち》に腰掛け、傍らの柳鼠《やぎねず》に仔細を話した。土間ではおいよが忙《せわ》しなく夕餉《ゆうげ》の支度をしている。出汁と醬油の匂いは、夕餉前の空きっ腹には毒であった。

伏見町で鷹之助と話をしたあと、弥六は約束をさっそく破り、江戸中を歩き回ってお七を探した。しかし手掛かりすら得られず、八つ半（午後三時半）頃に太福寺へと帰った。

天暁は昼過ぎに出かけていったらしい。行き先は近所に住むお喋《しゃべ》り好きな檀家《だんか》のところなので、夕暮れ時まで戻ってこないだろう。

「もしかすると、そのお七という女は飛縁魔《ひのえんま》やもしれませぬな」

柳鼠は難しい顔で口にした。

「飛縁魔は耳にしたことがある。確か、美しい女の姿をしていて、男を惑わしたり、時には殺したりする妖怪だ」

「さすが若様。碩学《せきがく》でいらっしゃいますな」

「鼠爺《ねずじい》には敵《かな》わないよ。……でも、待ってくれ。飛縁魔は火と関わりのある妖怪じゃなかった気がするけれど」

「仰《おつしや》るとおり、飛縁魔のほとんどは火とは関わりがございませぬ。よすがは大抵、男を惑わせること、あるいは共寝《ともね》をすること。しかしながら、飛縁魔のなかにはいささか哀れな者どもがおりましてな。……若様は八百屋のお七をご存じで？」

「知っているよ。好いている男に会うため付け火をした娘の話だ」

八百屋のお七とは、芝居や読物《よみもの》でよく描かれる悲劇の娘である。

天和《てんな》の頃、火事に見舞われ、家族と共に寺へ避難したお七という娘がいた。娘は寺の小姓《こしょう》と恋仲になるも、家が建て直されたため寺を去らねばならなくなった。娘は「もう一度火事があれば、会えるかもしれない」と考え家に火を放ち、火付けの罪で火炙りにされた。

――概《おおむ》ねこのような話だが、実際のお七がどんな娘であったかは定かでない。井原西鶴《いはらさいかく》の『好色五人女』にとり上げられたことで広く知れ渡り、後に「男を想うがあまり、大罪を犯した娘」として多くの芝居や読物で描かれるようになったという。

「八百屋のお七は丙午《ひのえうま》の生まれとされておりましてな。お七の話が有名になったことで、丙午生まれの女は男の身を滅ぼす……そのような噂が語られるようになったのでございます。なかには、八百屋のお七は飛縁魔であったなどと噂する者もおりまして」

「どうしてそこで飛縁魔が出てくるんだ」

「丙午と飛縁魔、名は近いものがありますゆえ、混同したのでしょう。人間の噂とはえてしてくだらぬものでございますからな。しかし、我々妖怪はそのくだらぬ噂話にめっぽう弱い」

弥六は口元に手をやり、

「……もしかして、飛縁魔は混じっ、て、しまったのかい？」

柳鼠は渋面を浮かべてうなずいた。

人間や半妖と違い肉の体を持たぬ妖怪は、言わば魂が剝《む》き出しになった状態である。よすがでもって己《おのれ》を定めていなければ、存在を保つことさえ出来ない。そのような性質《たち》ゆえ、妖怪は己に関わる噂などに長く触れると、噂の真偽にかかわらず、有《あ》り様《よう》が変わることがある。

飛縁魔のなかにも、八百屋のお七の話に引っ張られたことで、火の性質を得た者が出たのだろう。伏見町のお七はその一人なのではないか、と柳鼠は考えているようだ。

「もしお七さんが混じりものの飛縁魔なのだとしたら、よすがはどうなるんだい」

「飛縁魔であることに変わりはないでしょうから、よすが自体は男を誑《たぶら》かすこと、あるいは堕落させること……そのあたりでしょうな。しかしお七の逸話と混じったことで、厄介な性質《たち》になってしまったと聞き及んでおります」

「厄介な性質？」

「真に好いた者を、身が焦がれるほどに恋い慕う……つまり、好いた者のことを想って気が昂《たか》ぶると、体が燃え上がるということですな」

ようやく得心《とくしん》がいったような気がした。

お七はおそらく、鷹之助のことを心から好いているのだ。鷹之助を避けているのは、鷹之助への想いを捨て、これ以上火が出ないようにするためであろう。

人々は妖怪を得体の知れない恐ろしいものと思っているが、妖怪――とりわけ江戸に棲《す》む者らは、人間と同じく酒や旬のものに舌鼓を打つし、人を好くこともめずらしくない。恋に破れ、すっかり落ち込んでしまった妖怪に、酒を買ってやったこともある。

――待てよ。ということは……。

「そういうことか……」

弥六は顔を覆った。

「どうなさいました」

「昨晩の火事、あれはおそらくわたしのせいだ」

「そんなまさか。若様は何も関わってはおりますまい」

弥六は力なく頭《かぶり》を振る。

「火事が起きた日の昼、わたしはお七さんに鷹之助さまの話をしたのだよ。今もお七さんを探している、とね。もしお七さんが鷹之助さまのことを忘れようとしていたのなら……」

「ははあ、確かにそれは毒であったやもしれませぬな。しかしながら、その女は遅かれ早かれ火事を起こしていたでしょう。若様が気に病む必要はございませぬ」

柳鼠はやや照れくさそうに咳払《せきばら》いをし、

「それのみか、若様が逃げ遅れた者をお助けになったからこそ、人死にが出ずに済んだではございませぬか。此度《こたび》の件に関わっておらねば、こうは参りませんでしたぞ」

弥六は目元まで覆っていた手を少し下げ、ちらりと傍らへ視線をやった。狐小僧としての活動を嫌っている柳鼠が人助けのことを褒めるというのは、いささか意外である。

「まあ、わしと致しましては、面倒事からは即刻手を引いて頂きたい、というのが正直なところでございます。たびたび申しておりますが、人間どものために若様が粉骨砕身なさる必要はどこにも……」

「わたしだって半分は人間だ。同じ人間を助けようとするのは、何もおかしいことではないさ」

柳鼠は大きく溜息をついた。

「お七さんが混じりものの飛縁魔だとして、火を止めるにはやはり好いている人を忘れるほかにないのかい？」

「ない……と言えば嘘になりましょうな。しかし、決して楽なやり方ではございませぬぞ」

「どうすればいい」

「よすが変わりをさせまする」

剣呑《けんのん》な言葉を耳にし、弥六は顔を強《こわ》ばらせた。

よすが変わりとはその名のとおり、よすが——つまり、妖怪の自我が塗り変わることをいう。よすがが変わるということは、妖怪にとって体を作り替えられることに等しい。知らぬ間にじわじわと変わり始めることから、妖怪の病とも呼ばれている。変化の度合いが大きいほど苦痛も大きく、耐えきれずに衰弱死してしまう者も決して少なくないのだそうだ。

「飛縁魔の身から火が出るのはよすがではございませんので、まことのよすが変わりとはなりませぬ。……しかしながら、決して楽なやり方ではありませぬ。魂に張りついたものを引き剥《は》がすことに変わりはありませぬゆえ」

「お七さんは、耐えられるかな」

「最善を尽くしまするが……こればかりは、なんとも」

嫌な冷たさが背中を這《は》い上っていく。

弥六は三年ほど前、黒鉄のよすが変わりを間近で目にした。黒鉄は日に日に弱っていき、一時は羽を動かすことさえできなくなっていた。黒鉄はどうにか〈天狗の掟《おきて》を守ること〉から〈弥六の行く末を見届けること〉へとようすが変わりを果たしたが、あの時の「黒鉄が死ぬのではないか」という不安と焦りはいつまでも弥六の中に残り続けている。

「ともあれ、まずはそのお七なる女を見つけ出すことが先決にございますな。もし女が身から出る火をどうしても鎮めたいと申すようであれば、この爺も一肌脱ぎましょうぞ」

「頼んだよ」

その時、からすの鳴き声が聞こえた。黒鉄が天暁の帰りを知らせてくれているのだ。柳鼠はおもむろに立ち上がると、弥六に一礼をしてからふっと姿を消した。


それから二日が過ぎたが、お七は一向に見つからなかった。

この二日、小火《ぼや》騒ぎはただの一度も起きていない。おそらく、お七は火をつけぬよう、どこかに身を潜めているのだろう。昨日、火盗改が人相書きを江戸中に貼り出したが、お七の姿を見たという者は誰一人としていないようだった。

気になるのが、孔雀組の動きである。

黒鉄いわく、孔雀組は火付けの件を静観しているのだという。鷹之助はやると言ったらやる男なので、火付けの妖怪のことは間違いなく孔雀組に伝えているはずだ。だというのに、孔雀組は調べる素振りを一切見せない。このまま動かずにいてくれるのであれば、それはそれでありがたいが、理由がわからぬだけにどうにも不気味である。

――これだけ見つからないとなると、すでに江戸を離れたとも考えられるな……。

弥六は太福寺の参道を箒《ほうき》で掃きつつ、溜息をついた。今日は天暁が朝から外出をしているため弥六は留守番である。今は黒鉄がお七を探しに出てくれているが、発見は望み薄であろう。

「ごめんくださいまし」

背後から声があり、弥六は掃除の手を止めて振り返った。

訪ねてきたのは、尼頭巾《あまずきん》を目深にかぶった初老の尼僧であった。

「何用でございましょう。天暁和尚は今外出をしておりまして、昼過ぎまで戻らぬかと思いますが」

「これを渡していただきたいのです。できれば今日のうちに」

尼僧が懐から取り出したのは文《ふみ》だ。香が焚《た》きしめてあるのか、いい匂いがする。

弥六は丁寧に文を受け取り、うなずいた。

「承知いたしました。必ず渡します」

「お願いをいたします」

尼僧は深く一礼をし、しずしずと参道を引き返していく。しかし、ちょうど境内を後にしようというところで、突然弥六を振り返った。

「弥六さま」

胸の内にすっと入り込んでくるかのような、美しい声である。尼頭巾から覗《のぞ》く薄い唇が妙になまめかしい。弥六は何やら落ち着かない心持ちになり、目を逸らした。

——いや、待て。このお人はなぜ、わたしの名を知って……。

「かならず、鷹之助さまにお渡しくださいましね」

弥六は凍り付いた。

すぐさま箒を投げ捨て、尼僧の後を追う。しかし尼僧は道を曲がっていったかと思うとすっかり姿を消していた。

「やられた……」

今の尼僧は間違いなくお七であろう。

——つまりこの文は、お七さんから鷹之助さまへの……。

弥六はごくりと唾を呑み、文に視線をやった。

わざわざ「今日中に渡してほしい」と付け加えたことから察するに、この文には待ち合わせか何かの日時が記されているのではなかろうか。

他人宛ての文を覗き見るなど、到底許されない行いである。しかしほかに手掛かりもない。

辺りを見回し、弥六はそっと文を開いた。記されていたのは、簡潔な一文であった。

——明日の丑《うし》の刻、面影橋《おもかげばし》にてお待ち申し上げております　七
面影橋は雑司ヶ谷《ぞうしがや》のほうにある橋だ。まわりには何もなく、逢《あ》い引《び》きにはお誂《あつら》え向きの場所である。

「弥六どの、またお会いいたしましたね！」

「うわっ」

弥六は上擦った声をあげ、文をぐしゃりと握りつぶした。

あわてて背後を振り返る。声をかけてきたのは南條明親であった。つい先ほど人がいないことを確かめたはずなのに、いつの間に近づいたというのか。

「南條さま、いきなり後ろに立つのはおやめください。心《しん》の臓が飛び出すかと……」

「心の臓はそう容易《たやす》くは飛び出しませぬよ。それにしても、その慌てぶり。もしや、手に持っておられるのは付け文では？」

弥六は慌てて文を懐へ押し込んだ。

「ただの文でございますよ。……南條さまはここで何をしておられるので」

「患者のところへ向かう途中、偶然弥六どのの姿をお見かけしたので、声をかけた次第でして。それより、聞きましたか。お七どののこと」

「耳にしております。なんでも、たび重なる付け火はお七さんの仕業であったとか」

「いいえ、それは違います」

南條は人差し指を立て、ぐっと顔を近づけた。

「妖怪でございます。妖怪が火付けをし、その咎《とが》をお七どのに被せているのです」

「そのような噂も確かにございますが、孔雀組は何も……」

「ええ、動いておりませぬ。おそらく火盗改の顔を立てようと見て見ぬふりをしているのでしょう。しかしながら心配はいりません。必ず、あのお方が助けてくださいます！」

「あのお方？」

「はい。狐小僧さまが……」

一瞬、南條の顔から一切の表情が抜け落ちたような気がした。しかし弥六がしばたいたときには、南條はすでにいつもの笑みを取り戻していた。

「狐小僧さまが人を助けるところを、是非とも一目見てみとうございます。きっと大層立派な御仁《ごじん》なのでございましょうなァ。――などと話している場合ではないのでした。急いで患者のところへ向かわなくては。それでは弥六どの、わたくしはこれでごめんをいたします。またお会いいたしましょう」

南條はへこへこと頭を下げ、走り去っていった。

雲の厚い、どんよりとした空模様である。

弥六は太福寺・本堂の屋根に立ち、遠くの空を見つめていた。その身に纏《まと》うのは作務衣《さむえ》ではなく、闇夜《やみよ》に紛れる黒装束だ。

昨日、弥六は手渡された文をすぐに鷹之助へと届けた。鷹之助はその場で内容を確かめ、ただ一言「ふむ」と口にしただけであったが、間違いなく面影橋へと現れるだろう。あの文を見なかったことにできるほど、器用な男ではないし、薄情でもない。

「……戻ったね」

黒鉄が涅色《くりいろ》の空から姿を現し、滑るように弥六の腕にとまった。

「どうだった」

「火盗改の連中ばかりうろついている。孔雀組の姿はない」

「やはり、孔雀組は火付けの件に関わるつもりがないのかな。いささか気味が悪いけれど、大人しくしてくれるというのなら、そのほうが都合がいい」

黒鉄は弥六の肩へと飛び移った。

「そういえば、爺《じじい》から聞いたが、あのお七とかいう女によすが変わりをさせるつもりなのか」

「お七さんが望めば、ね」

「望むと思うか?」

「わからない。話してみないことには」

「好いた男を忘れるか、生きるか死ぬかの賭けに出るか。……まともな奴は、忘れるほうを選ぶだろうな。人間如《ごと》きのために己の命を張る妖怪はそう多くない」

「そういうおまえは賭けに出るほうを選んだだろうに」

「妖怪のなかには、ごく稀《まれ》に、まともでない奴もいるんだ」

「じゃあ、お七さんがまともでないことを願おう」

黒鉄は大きく溜息をつき、弥六の肩からふわりと離れた。

弥六は瓦《かわら》を蹴り、宙へと身を投げる。一人と一羽はあっと言う間に夜の闇へ消えていった。


今にも一雨来そうな空だ。

丑の刻、鷹之助は四谷にある先手組《さきてぐみ》の組屋敷をこっそりと抜けだし、神田川にかかる面影橋へと向かった。

昨日、弥六がお七からの文を届けにやって来た。目を通した時、真っ先に湧《わ》き起こったのは安堵であった。消息が杳《よう》として知れなかったため、もしや妖怪に殺されたのではと案じていたのだ。

鷹之助は三日前、意を決して孔雀組の詰所を訪れ、火付けの妖怪について知ることを全て話した。だが、陰気な顔をした同心は、ただ一言「その件は調べられぬ」と返答した。どうにか説得をしようとしたが、「上からの命令だ」と言うばかりでとりつく島もない。しまいに、鷹之助は三人がかりで詰所から叩き出された。

妖怪の仕業である証《あかし》を立てねば、お七にかけられている火付けの疑いは晴れないだろう。だが、妖怪の仕業であると証し立てる方法がまるで思いつかない。

——一体、どのような顔でお七殿と会えばよいのか……。

馬場を通り過ぎ、武家屋敷と寺に挟まれた人気のない道を駆けていく。面影橋は目と鼻の先だ。

前方に人影を認め、鷹之助は走る速さを緩めた。

橋の中ほどに女が立っている。袖頭巾を被っているため目元しか見えないが、あの楚々《そそ》とした立ち姿は間違いなくお七であろう。

「お七殿か」

鷹之助は橋のたもとで足を止めた。頭巾を被った女は音もなく振り返り、鷹之助を静かに見据えた。

「お久しゅうございます、鷹之助さま。いきなりお呼び立てしてしまったこと、どうかお許しくださいまし」

変わらぬ様子のお七を見て、頬《ほほ》が緩みそうになったが、拳を握りぐっと堪《こら》えた。相手は火付けの疑いをかけられている者、そして己は火盗改の同心だ。いかなる理由があれ、気を抜くわけにはいかない。

「何用だ。自訴をしに参ったわけではあるまい」

「頼み事があってまいりました」

「……申してみよ」

お七は静かにうなずき、袖頭巾を脱いだ。美しい顔が露《あら》わになる。

「鷹之助さま。後生でございます。どうか、わたくしを……」

言いさし、お七は顔を歪《ゆが》めた。その目は鷹之助の背後へ向けられているようだった。

――なんだ。何を見ている……？

ゆっくりと頭を巡らす。

道の先に、提灯の灯が浮かんでいる。照らし出されているのは「火盗」の二文字だ。

提灯の灯はどんどん近づき、気付けば人の姿がぼうと浮かび上がってきた。先陣を切って歩くのは火事兜と火事装束に身を包んだ長官の岡部忠英である。背後には一人の与力と、四人の同心が控えていた。

「ようやく見つけたぞ、火付けめ。ここが年貢の納め時よ」

岡部は十手をお七へ向け、啖呵《たんか》を切る。鷹之助は顔を真っ青にした。お七からの文は懐に忍ばせてきた。他の誰にも見せてはいない。だというのに岡部は何故《なぜ》この場所が分かったのか。

「お頭、何故《なにゆえ》……」

「書き置きを見たのだ。鷹之助よ。悪人を捕らえたい気持ちはわかるが、ひとりで突っ走るな。そうやって、そなたは前にも傷を負ったのであろうが」

──書き置き？　何のことを言っている。

「みなの者」

岡部の合図を受け、後ろに控えている者達が一斉に刀を構える。鷹之助は咄嗟《とっさ》に刀へと手を伸ばしたが、相手は同胞だ。抜くわけにはいかない。

「な、なんだ。あれは」

やにわに、皆がざわつきはじめた。岡部も鷹之助を──いや、その先を見て、言葉を失っている。

鷹之助は恐る恐る正面へと向き直った。真っ先に目に入ったのは、夜空に立ち上る橙《だいだい》の炎であった。

「てっきり、わたくしに会いに来てくださったとばかり……とんだ愚か者でございました」

お七は歪んだ笑みを浮かべながら涙を流していた。しかし、その涙は顎まで滴り落ちることはない。目縁《まぶち》から溢《あふ》れた刹那に蒸気となって消えていく。

お七は、燃えていた。髪や、首、手から火が噴き出し、全身を包み込んでいる。

「あの女、自害するつもりか」

「いや、よく見ろ。女の体から火が出ている！」

「馬鹿な、あり得ぬ！」

皆はすっかり取り乱していた。火に炙られて平然としていられる者などいない。いるとすれば、それは人ならざる者に他ならない。

「なんぞ種があるに決まっておるわ。奴を引っ捕らえるのだッ。火盗改の意地を見せよ！」

岡部の怒声を受け、皆はえいままよと言わんばかりに地を蹴った。

一人の男が先陣を切って突っ込んでくる。

鷹之助はとうとう刀の柄《つか》を摑み、鯉口《こいぐち》を——。

「ぐわっ！」

刹那、男は弾《はじ》き返されるように吹っ飛び、他の者達を巻き込みながら地面を滑っていった。巻き込まれずに済んだ二名は、刀を構えたまま呆然《ぼうぜん》と立ち竦《すく》んでいる。

岡部の姿が消えた。いや、違う。何者かが暗闇の中に立っているのだ。

鷹之助の眼前にいつの間にか現れたのは、黒い装束に身を包み、狐の面をつけた小柄な人物――狐小僧であった。

「なにゆえ、狐小僧が……！　ええい、みなの者、臆するなッ。奴を捕らえるのだ！」

岡部の一喝を受け、皆はハッとしたように刀を構え直した。鷹之助も袴《はかま》の股立《ももだ》ちをとり、刀を抜いて青眼《せいがん》に構える。しかし、その剣尖《けんせん》には迷いが表れていた。

――まさか、お七殿を助けにきた……？　そんな馬鹿な。

お七が逃げ去っていく音が聞こえる。追いかけたいが、今はそれどころではない。

「ヤァッ！」

声をあげたのは与力であった。大きく踏み込み、上段から斬りかかる。だが、この一刀は仕掛けだ。狐小僧が動いたところに、左右の男が斬りかかる算段である。

狐小僧は背後にふわりと跳んで斬撃を躱《かわ》す。

与力の剣は狐小僧の鼻先から一尺ほど離れたところへ振り下ろされた。すかさず、左脇の若い男が突きを繰り出す。切っ先は狐小僧の胴を捉える――かと思いきや、若い男は突然何かに突き飛ばされたかのようにたたらを踏み、橋から落ちていった。

風を切る音が聞こえる。よく見ると、黒い影のようなものが辺りを飛び回っていた。

「暗闇の中に何かいるぞ、奴の仲間か！」

黒い影に襲われ、皆が混乱している間に、狐小僧は右脇の男へ蹴りを食らわせ、川へと落とした。

「貴様……！」

与力は刀を下段に構え、趾《あしゆび》を摺《す》るようにして左へと動いていく。狐小僧は脇差《わきざし》を青眼に構えたまま動かない。

「タァッ！」

激しい気合いを発し、与力は狐小僧の脇腹から肩口へと逆袈裟《ぎゃくけさ》に斬り上げ——ようとした。しかし、狐小僧が幹竹《からたけ》割りに振り下ろした一刀が、与力の持つ業物《わざもの》を真っ二つに叩き折った。折れた刀身は狐面の鼻先を掠《かす》め、弧を描いて川へと落ちていく。

狐小僧は唖然《あぜん》としている与力の胸ぐらを乱暴に摑み、岡部へと放り投げた。岡部は飛んできた与力の体に突き飛ばされ、地面を転がっていった。

——なんだ、この出鱈目《でたらめ》な動きは……。

鷹之助は狐小僧の背を捉えつつ、ごくりと唾を呑んだ。

脇差を手にしてはいるが、型もなにもない。故にこそ武士にとっては戦いづらい相手だ。軽捷《けいしょう》俊敏な動きで相手を翻弄し、力任せに刀を振るうその戦い方は、侍でも、忍びでもなく、草双紙《くさぞうし》などで描かれる天狗《てんぐ》を彷彿《ほうふつ》とさせた。

「狐小僧、覚悟ッ！」

柄を強く握り、鷹之助は迷いを振り切るように上段から斬り込んだ。しかし容易く弾かれ、腕を振り上げたままよろめく。そのまま腹を斬られる——かと思いきや。

「な……」

狐小僧は鷹之助の胸をどんと押し、踵《きびす》を返して橋のたもとへと向き直った。まるで鷹之助を庇《かば》うかのように、岡部らへ刀を向けている。

「行け、というのか」

返事はない。

「礼は言わぬぞ」

鷹之助は刀を納めると、お七が消えていった方へと走った。


「——お七殿！」

お七は観念したように足を止めた。まだ体は燃えさかっているが、火の勢いは幾分か弱まっている。

「もう、お気付きでございましょう。鷹之助さま」

お七はゆらりと振り向き、恨めしそうな目で鷹之助を見やった。

「妖怪に取り憑《つ》かれているという話は嘘にございます。わたくしこそが、妖怪なのでございますよ」

鷹之助は目を伏せた。

怖《おそ》ろしくないと言えば嘘になる。妖怪は人を襲い、食らい、殺《あや》めるものだ。下手《へた》に関わっては命が幾つあっても足りない。

だというのに、鷹之助はお七への情を捨てきれずにいた。茶を飲みながらゆっくりと過ごしていたときの穏やかな笑顔が、いつまでも胸の内に焼き付いて離れない。

「火付けは、やはりそなたの仕業であったのか」

「そのようなものでございます」

「何故」

お七は目を逸らし、自嘲じみた笑みを浮かべた。

「わたくしの体は、好いた方を想えば想うほど火が出てしまうのです。この忌々《いまいま》しい炎は、わたくしにはどうすることもできませぬ」

「好いた者?」

「はい、お慕いしております、鷹之助さま。ゆえに、わたくしはあなたさまの前から去ったのでございます」

お七から立ち上る火がまた勢いを増す。

「わたくしは殿方を誑《たぶら》かす性《さが》でございます。殿方は、飛縁魔であるわたくしの色香に惑い、すぐ骨抜きになる。けれどあなたさまは違いました。顔色一つ変えず、まっすぐにわたくしを見つめ、恩を返したいと言ってくだすった。わたくしはそれが嬉しかった。気付けば、わたくしのほうがあなたさまの虜《とりこ》になっておりました」

　お七が炎を纏《まと》ってじり、と近づいてくる。しかし、鷹之助は眉一つ動かさずにその場に留《とど》まった。

「己《おの》が体から火が出たときは、肝が冷えました。すぐにあなたさまの前から姿を消し、あなたさまを忘れようと努《つと》めた。けれど、どうあっても忘れられぬのです。毎日ふらふらと出歩いてはあなたさまのお姿を探し、女と話をしているところを見かけては悋気《りんき》の炎を燃やしました。木の陰や、お店の裏に潜んでおりましたので、気付けば火がついてしまって」

「小火《ぼや》騒ぎの仔細はそのようなことであったのか。では、伏見町の火事は……」

「あなたさまを知る若者がいらして、教えてくださったのです。あなたさまが、いなくなったわたくしを探しておられると。それを聞いてわたくしは昂ぶりを抑えられませんでした。気付いた頃には、火が辺り一面に広まって、町のみなさま方が……」

　お七の目から大粒の涙がこぼれ落ちた。

「鷹之助さま、後生でございます。わたくしを斬ってくださいまし」

「なに」

「わたくしは妖怪でございますゆえ、ただの刀で斬られても死にませぬ。けれどあなたさまに斬っていただければ、わたくしは、この浅ましき性と共に消え果てられる気がするのです」

お七がさらに躙《にじ》り寄ってくる。今度ばかりは、鷹之助は後ろに退いた。

「刀を抜いてくださいまし。斬ってくださいまし。わたくしは火付けをする妖怪でございます。——さあ、さあ！」

前のめりになりながら、お七は一歩、二歩と近づいてくる。その目つきはもはや人間のそれではない。燃えさかる炎と相まって鬼気迫るものを感じさせる。

鷹之助は咄嗟に刀を抜いた。だが、お七を斬る気には到底なれなかった。

「……出来ぬ」

「なにゆえでございます」

「某はまだ、そなたに恩を返しておらぬ」

「話し相手になってくだすったではありませんか」

「いや、足りぬ。命を救ってもらった恩を返すには到底足りぬ。そなたが妖怪であろうが何だろうが、知ったことではない。この坂口鷹之助、受けた恩を仇《あだ》で返すような真似は決してせぬ！」

お七は帯から匕首《あいくち》を抜く。炎はますます勢いを強め、曇天を穿《うが》つ勢いで立ち上っていた。

「なれば、死んでくださいまし。わたくしの前から消えてくださいまし」

震える切っ先が鷹之助へと向けられる。殺気の感じられない刃《やいば》だ。おそらく、返り討ちにされることを狙っているのだろう。

それを分かった上で、鷹之助は静かに刀を構えた。

その時であった。

「あれっ！」

キーンと甲高《かんだか》い音がした。一拍おいて、刃物が地面に突き刺さる。

いつの間にか目の前にいたのは、燃えさかるお七——ではなく、お七を小脇に抱えた狐小僧であった。

「放してくださいまし！　何をなさるのです」

お七は両の手足を振り回して暴れている。鷹之助はお七を助けようとしたが、突然のことに動揺し、思うように体が動かなかった。

「先ほどの言葉……」

初めて狐小僧の声を耳にした。小柄な体軀《たいく》に反して随分と低い声だ。

「妖怪だろうがかまわぬというその言葉、嘘偽りはないな」

——何故、そのようなことを訊くのだ……。

鷹之助は困惑しつつも、真《ま》っ直《す》ぐに狐小僧を見据えた。

「ない。某は火盗改の同心だ。妖怪を退治せねばならんいわれはない。妖怪であろうと人であろうと、悪《あ》しき者は斬る。そして、受けた恩は必ず返す」

「そうか」

狐小僧は左手を上げた。次の瞬間、その華奢な体軀はふわりと宙に浮き、お七ごと夜の空へと消えていった。


「あんまりでございます。恨みます」

お七は先ほどからずっと地べたに座り込み、わんわんと泣いていた。長屋で相対したときの得体の知れない妖艶さはもはや影もない。今の姿はまるで幼い女子《おなご》のようである。

鷹之助の元からお七を引き離した後、弥六は黒鉄の脚につかまり、雑司ヶ谷の北方まで移動した。このあたりは畑しかないため、人に見られる心配はまずない。火盗改の連中もさすがにここまでは追ってこないだろう。

「せっかく鷹之助さまに斬っていただくつもりでございましたのに、なにゆえ邪魔をなさったので。許しませぬ。祟《たた》ります」

お七の体から立ち上る炎がごうごうと音を立てている。狐面をつけていてもなお、焼けるような熱さを肌に感じた。

「そう泣くな。あの侍は、お前を斬るつもりは毛頭なかった。おそらく刃を受けるつもりだったのだろう」

お七は面を上げた。

「死ぬつもりでいらっしゃったと……？　なにゆえ、そのような」

「お前たち妖怪はあまり知らぬだろうが、人とは、好いた者のためなら命を賭《と》すことさえ辞さないものだ」

「好いた、者。鷹之助さまが、わたくしを？」

しばらくぽかんとしていたかと思うと、お七は観念したようにうなだれた。炎は少しずつ収まっていった。

「これから、どうするつもりだ」

「江戸を離れます。このまま残っていては、鷹之助さまのことを想ってまた火事を起こしてしまいますゆえ」

「火を出さないようにする方法がある、と言ったらどうする」

お七は目を見開いた。

「そのようなことが出来るのですか」

「決して楽な道ではない。やり方はよすが変わりとほとんど同じだ。命を落とすこともあり得る。それでもやるというのなら――」

「やります。鷹之助さまのことを好いたままでよいというのなら、わたくしはなんだって耐えてみせまする」

「わかった。では、今から共に――」

ザリ、と土を踏む音があった。

咄嗟《とっさ》に音のしたほうを見る。闇のなかにぼんやりと人の形が浮かび上がっている。

「どうもこんばんは、狐小僧どの。そして、お七どの。……お初にお目にかかります。お会いしとうございました」

暗がりから姿を見せたのは、南條明親であった。

南條はへらへらと笑いながら弥六に近づいてくる。相も変わらず屈託のない笑みを浮かべているが、今ばかりはどうも胡散臭《うさんくさ》く思えてならない。お七も警戒しているのか、身を強ばらせている。

「……何用だ」

「用向きは特にございませんが、そうですねェ、せっかくなので一つお聞かせ願いたい。なにゆえ妖怪をお助けになるので？」

「人と妖怪、どちらも助ける……そう決めている」

南條は顎に手を置き、首を傾《かし》げた。お七の体から立ち上る炎が眼鏡に映り込み、鈍く光っている。

「ふむ。つまり、妖怪に与《くみ》しているということでございましょう。……なれば、二人まとめてここで死んでいただきたく」

「な……」

ぶわ、と体中が粟立《あわだ》った。

弥六は脇目も振らずにお七を抱えると、踵《きびす》を返して走りだした。だが――。

「オン、マユラ、キランティ、ソワカ」

何かに足首を摑まれ、弥六は前のめりになって倒れた。放り出されたお七が地面を転がっていく。

――なんだ、何に摑まれて……。

足を見るも、何もない。しかし、確実に締め付けられている。

「いやはや、噂に違《たが》わぬ逃げ足の速さでございますねェ。足しか捉えられぬとは」

この段に至って、弥六はようやく南條の姿をはっきりと目にした。纏《まと》っているのは老緑《おいみどり》の羽織だ。加えて、今の真言《タントラ》は――。

「孔雀組……!」

「ええ、そのとおり。ようやく気付きましたか」

南條は顔の前で手印《しゅいん》を結んだ。しかし横合いから黒いものにぶつかられ、地面を転がっていく。受け身すらとらずに転がっていく様は人形のようでひどく不気味であった。

風を切る音がする。黒鉄がもう一撃食らわせようとしているのだろう。

「だめだ、退《ひ》け!」

一喝を受け、黒鉄はすんでのところで引き返した。黒鉄は無事だ。

「狐小僧さま……！」

お七は弥六に駆け寄り、懸命に体を引っ張った。弥六も捕らえられた右の足を引き抜くべく、渾身《こんしん》の力を込める。

まるで足が虚空に根を張っているかのようだ。だが、氷が割れるような音と共に、少しずつ足が動いている。動かせば動かすほど締め付ける力が強くなるが、耐えるしかない。

「おや、思いのほか力がお強くていらっしゃる。急いで仕留めねば……たんと、えんご、さくあめん、べえむしゃ、むい」

聞いたことのない呪文《じゅもん》であった。

刹那、吐き気すら覚える悪寒が弥六の背筋を伝った。

本能がこのままでは死ぬと叫んでいる。

弥六は獣のような咆吼《ほうこう》をあげ、無理矢理に足を引き抜いた。すかさずお七を抱きかかえ、飛んできた黒鉄の脚を摑む。

みしりという嫌な音がした。弥六とお七がいた場所は、えぐり取られたかのように地面がへこんでいた。

もの凄《すご》い速さで場を離れながら、南條へと視線をやる。

暗がりのなかにぽつりと立ち竦《すく》んでいる南條は、冷たい笑みを浮かべて弥六を見ていた。

お七を助けてから三日後、弥六は藤屋で鷹之助と顔を合わせていた。

弥六の膝の上には大量の団子が積んである。鷹之助が「好きなだけ食え」と言って二十本も頼んだのだ。さすがにこの量を独り占めするのは気が引けるため鷹之助にも手伝ってもらっているが、先ほどから一向に減る気配がない。

「またそんなに食べて。腹を壊しても知りませんよ」

突然、硬い物で頭を叩かれた。振り向いた先にいたのは、盆を持ったまつであった。

「まつ、お前も食え。面倒をかけてしまった詫《わ》びだ」

「お気持ちはありがたいのですが、まだ手が空きませんので……。それにしても、例の件は、もうよろしいのですか？」

「うむ。火付けが妖怪であった以上、我ら火盗改は手を引かねばならぬ。近いうちに孔雀組が始末をつけてくれるであろう」

面影橋での一件の後、火盗改は火付けの正体が妖怪であったと認めた。鷹之助がお七を取り逃がしたことも「妖怪相手には為《な》す術《すべ》がなかった」として、不問とされたそうだ。

ここのところ、孔雀組はお七の行方を探っているようだが、お七は変幻自在に姿を変えられる妖怪なので、そう易々《やすやす》とは見つからないだろう。

気になるのは、南條明親のことだ。

あれ以来、南條の姿は目にしていない。品川のあたりを探ったが、南條明親という鍼医《はり》者を知る者はただの一人もいなかった。

あの人の好《よ》さそうな笑みを思い返すたび、胃の腑《ふ》が締め付けられるような気になる。今まで対峙《たいじ》してきた孔雀組は、みな老緑の羽織を纏い、己が孔雀組の同心であることを誇示していた。しかしなかには素性を隠し、潜んでいる者もいるのだ。

——今まで以上に、気を引き締めなければね……。

「それにしても、鷹之助さまを助けてくださったお方が、まさか妖怪だったなんて」

まつの言葉を受け、鷹之助は微かに眉を顰《ひそ》めた。

「おおかた、弱った某を食うつもりであったのだろう。しかし某が思いのほか動けたので、長屋に通わせ、食う機会を窺っていたのだ」

「そういうものでございましょうか。もしやその妖怪、鷹之助さまを好いていたのでは?」

「妖怪が人を好く筈《はず》がなかろう。奴らは怖ろしきものだ。そなたも不用意に近づいてはならぬぞ」

ぴしゃりと言い捨てられ、まつはしょぼくれた様子で店のほうへと戻っていった。

ここのところ、お七は太福寺に通い詰め、火を放つ性《さが》を捨てるべく修行を積んでいる。相当に辛《つら》いようだが、柳鼠が細心の注意を払ってくれているので命を落とすことはないだろう。あとはお七がやり遂げられるかどうかだ。

昨日、お七は鷹之助に文をしたためた。内容は簡潔なものだ。

――わたくしはいま、火を出さずにいられるよう、鍛錬をしております。火をすっかり手放したとき、鷹之助さまがまだわたくしのことを覚えておられるのであれば、またお会いしとうございます。

鷹之助からの返事はまだないらしい。だが、この満ち足りたような顔こそが、お七に対する答えに違いない。

「どうした、弥六。そのようにまじまじと某の顔を見つめて。何かついているか」

「いいえ。ただ、なにやらさっぱりした顔をしておられるなあと思いまして」

鷹之助は何も言わなかったが、めずらしく口角を上げてみせた。

第四話◆化《ば》け狐《ぎつね》

梅雨《つゆ》明けらしい、爽《さわ》やかな風の吹く夜である。

弥六《みろく》はいつもどおり狐《きつね》の面をつけ、黒鉄《くろがね》の脚に摑《つか》まって江戸の町を空から偵察していた。

子《ね》の刻ともなると、見かけるのは見廻《みまわ》りの同心か、酔っ払いくらいなものだ。もう少し南へいった門前仲町《もんぜんなかちょう》であれば、居酒屋なども多いためいくらか賑《にぎ》わっているだろうが、この辺りは田畑ばかりで人気《ひとけ》は少ない。

「……悲鳴が聞こえた。女だ」

黒鉄が面倒臭そうに呟《つぶや》く。弥六の耳に悲鳴は届かなかったが、黒鉄が言うのであれば間違いないだろう。

「今夜は何事もなく終わるかと思ったけれど、そう上手《うま》くはいかないね。向かってくれ」

「承知した」

黒鉄は向きを変え、深川のほうへと飛んだ。

川のせせらぎにまじって穏やかでない足音が響いている。小名木川《おなぎがわ》沿いを飛んでいくと、何かから逃げるように走る女の姿が見えてきた。身重《みおも》のようで、大きな腹を抱えている。

女の後ろにいるのは尻っ端折《しりぱしょ》りの小柄な男だ。酔っ払っているのか、腰を大きく突き出し、首をガクガクと揺らしながら女を追いかけている。

「ひいっ」

女は堀へ追い詰められ、背後を振り向いた。

「来ないどくれよ、後生だから！」

懇願も虚《むな》しく、男は気味の悪い動きで女へと近づいていく。そのまま襲いかかる――かと思いきや、突然四つん這《ば》いになり、ぐるりと体の向きを変えて尻を突き出した。

「あっしの二枚目っぷり、見ておくんなせえ！」

男は両の脚をぴんと伸ばし、尻を見せつけるように女へと躙《にじ》り寄る。女は顔面蒼白《そうはく》で後ずさり、足を踏み外して姿勢を崩した。華奢《きゃしゃ》な体がみるみる暗い堀へと吸い込まれていく。

「黒鉄ッ」

「わかっている」

黒鉄は急降下し、水面《みなも》のすれすれを飛んだ。弥六は片腕を大きく広げ、着水する寸前で女を抱き留める。女はすっかり気を失っていた。

大きく舞い上がり、旋回して男の前に着地する。男は四つん這いになったまま、弥六に尻を向けた。尻穴に目玉が一つはまっていた。

「げえっ、狐小僧《きつねこぞう》」

男は一つしかない目を大きく見開き、四つん這いのまま逃げ去ろうとする。しかし弥六に脚を引っかけられ、踏まれた蛙《かえる》のように大の字で倒れた。

「ほどほどにしておけと言ったはずだぞ、尻目《しりめ》」

「堪忍してくだせぇ。あっしは善良な妖怪でござんす。悪いことなど、なんにも……」

「ならば、なにゆえ逃げようとする」

「そいつは、まあ、何と言いますか……」

男はわかりやすく視線を泳がせた。

この男は尻目という名の妖怪だ。尻を見てもらうことをよすがとしており、夜になると道ゆく人を追い回して尻を見せつける。人に害を加えることはないが、その行いの不気味さゆえか、人々からは「出くわすと魂を抜かれる」と噂《うわさ》され、恐れられていた。

「確かにさっきのはちいとばかしやりすぎましたけどね、狐の旦那の言いつけどおりほどにしてるんでござんすよ。今日はたまたま、こんな夜更《よふ》けに珍しくいい女が歩いてたもんだから、追いかけ回しちまっただけでございまして……」

「誰も追いかけ回すなと言っている」

「そうはおっしゃいましてもね、旦那。尻を見てくだせえとお願いして、大人しく見てくれる奴なんざいやしませんぜ」

「だが、この女は身重だ。堀になど落ちれば大変なことになる」

「身重というと？」

「腹に子がいるということだ」

「そういや、人の子ってぇのは腹から産まれるんでござんしたね。腹に子を入れておくたあ、なんともまあ面妖《めんよう》なことで……」

尻目はばつが悪そうに尻を掻《か》いた。

人と違い、妖怪は子を産まない。妖怪の子は、まるで草木が生えるかのように、人知れず物陰から生まれ出てくる。そのため、妖怪にはそもそも親子というものが存在しない。人間の真似事《まねごと》をして親子の契《ちぎ》りを結ぶ者もいるが、その関係は親子というより主従に近いそうだ。ただ、人の暮らしに馴染《なじ》み、人間をよく見ている妖怪は、真の親子の絆《きずな》を育むこともあるらしい。

尻目はすっくと立ち上がり、弥六に背を向けたまま腕を組んだ。

「……よござんす。腹の膨らんだ女は金輪際《こんりんざい》追い回しません」

「腹が膨らんでなくとも追い回すな。あまりたびたび繰り返すと孔雀組《くじやくぐみ》に目をつけられるぞ」

「その時はその時でござんす。……では、あっしはこれでごめんを」

「こら、待て」

呼び止めるのも聞かず、尻目は脱兎《だつと》の如《ごと》く走り去っていった。

「まったく、困ったものだな」

弥六は大きく溜息をつき、女を抱え直す。女は眉を顰《ひそ》めて弥六の肩にぐったりともたれていた。

水無月《みなづき》らしい過ごしやすい夜とはいえ、身重の女をここに放っておくわけにはいかない。近くの番屋にでも連れていけば、あとは何とかしてくれるだろう。

「……人が来るぞ」

黒鉄の言うとおり、何者かが近づいてきている。足音からして二人組のようだ。

「ちょうどよかった。この人を任せてしまおう」

弥六は足音がするほうへと体を向けた。

暗がりから姿を現したのは小柄な老爺《ろうや》と年若い侍だ。侍は身なりからして見廻りの同心だろう。だが老爺のほうが異様だ。その両手に血がべっとりとついているではないか。

年若い侍は老爺の前に出て、すらりと刀を抜いた。

「今すぐその女を放せ、狐小僧。老人のみならず、身重の女まで手にかけようとは、なん

「とぼけるな！　ついさっき、この者の妻を斬り捨てたであろうがッ」

「何の話だ」

──斬り捨てた？　どういうことだ。

「思い違いだ。わたしは誰も斬っていない。この女も、手にかけるつもりなど毛頭──」

「いたぞ、あそこだ！」

弥六の言葉を遮るように響き渡ったのは、別の男の声だった。後方から町人らがばたばたと走ってくる。そのうちの何人かは、小袖《こそで》と手にべったりと血をつけていた。

「うちの爺《じい》さんを斬ったのもこいつだ……覚悟しやがれ！」

町人らは匕首《あいくち》や角材を手に持ち、鬼のような形相で向かってくる。

「退《ひ》け、分が悪い」

黒鉄が肩にとまる。

「ほかにも足音が聞こえる。このままだと面倒なことになるぞ」

弥六はぐっと唇を噛《か》み、抱えていた女を地面に横たえた。すぐさま黒鉄の脚を摑んで空へと舞い上がる。同心は雄叫《おたけ》びをあげて刀を振り上げたが、斬ったのはただの闇《やみ》であった。

──一体、どうなっているんだ……。

町人らは「逃げるな」と叫んでいる。その後方で、老爺が憎悪の目で夜に消えていく弥六をいつまでも見ていた。

翌朝。弥六は天暁《てんぎょう》と共に朝餉《あさげ》をとっていた。

五つ（午前六時半）前に朝餉をとるのは久方ぶりだ。早起きを褒められたが、厳密に言うと弥六は早く起きたわけではない。眠ることができなかったのだ。

昨晩、弥六は空が白んでくるまで江戸の町を見廻った。そうして、狐小僧の形《なり》をした何者かがあちこちで人を襲っていることが知れた。

狙われたのは女子供や老人ばかりで、いきなり押し入ってきた狐小僧に斬りつけられたらしい。幸いにも人死には出ていないようだが、狐小僧が乱心したという噂が瞬《また》く間に江戸中に広がり、人々に色濃い恐怖と混乱をもたらしていた。

偵察の後、太福寺へと戻り、玉吉《たまきち》と入れ替わりで床へ入った弥六であったが、一睡もできぬまま六つ半（午前五時）の鐘を迎えた。瞼《まぶた》を閉じるたび、憎悪に染まった老爺の顔が目に浮かび居ても立ってもいられなくなるのだ。

何者かが狐小僧に成りすまし、人を襲っている。狐小僧に恨みを抱く妖怪の仕業か、狐小僧をよく思わない人間の仕業か。どちらにせよ、このままでは、江戸の人々はまた「妖怪に裏切られた」という失望を抱えることになる。

「弥六や。先ほどから箸《はし》が止まっているけれど、どうかしたのかい」

天暁は不安げに弥六の顔を覗《のぞ》き込んだ。天暁の茶碗《ちゃわん》が空になっている。弥六がぼうっとしている間に、飯を食い終わっていたようだ。

「先ほどからどうにも眠たく……。やはり早起きなどするものではありませんね」

「なにを馬鹿な。寺男というのは本来、日が昇る前に飯の支度をするものだよ。慈空和尚《じくうおしょう》がおられる明方寺《みょうほうじ》の僧など、明け六つ（午前四時）には目を覚ましているそうだ」

「そんなに早く起きては、般若湯《はんにゃとう》を嗜《たしな》んでおられる和尚さまと鉢合わせしてしまいます」

天暁はばつが悪そうに咳払《せきばら》いをした。

「まあ、そこまで早く起きろとは言わないけれど、日が高くなるまで寝ているのはよしなさい」

「善処いたします」

弥六は四杯目の飯を搔っ込み、汁物で流し込んだ。部屋の隅に控えているおいよがおかわりを期待してそわそわしている。だが、今朝はこれ以上飯を食べる気になれなかった。

「そういえば、昨晩、深川で人斬りが出たそうだ」

弥六は思わず手を強く握った。箸からみしりと嫌な音がした。

「それはまた剣呑《けんのん》な」

「なんでも、突然家に押し入ってきて、問答無用で斬りつけてきたらしい。幸い、人死にはまだ出ていないようだけれど……噂によると、やったのは狐小僧だというのだ」

「……」

驚くふりをしたほうがよいことはわかっていた。だが、弥六は動揺をひた隠すのに精一杯で、眉一つ動かせなかった。

「町の人たちはみな恐々としているよ。味方だと思っていた存在が突然反旗を翻すというのは、否《いや》が応でも〈白仙《はくせん》の乱〉を彷彿《ほうふつ》とさせるからね。……おや」

空になった小鉢が膳《ぜん》から転がり落ちる。天暁には見えていないようだが、すねこすりが蹴り落としたのだ。すねこすりたちは膳の上に乗り上げ、ぷうぷうと声をあげている。

「狐小僧を悪く言うな」と怒っているのだ。

「人々の気持ちは痛いほどわかる。けれどね、わたしはとても信じられないのだ」

天暁は転がった小鉢を膳に戻した。すねこすりたちが膳の上から退いていった。

「……と、おっしゃいますと」

「本当に狐小僧の仕業かどうか疑わしい、ということだよ」

部屋の隅で俯《うつむ》いていたおいよが、わずかに面《おもて》を上げた。

「狐小僧は今まで何度も、妖怪や孔雀組からわたしたちを救ってくれた。それなのに、突然人を襲いだすなんて、そんなことがあり得るのかい」

「和尚さまはいつも、妖怪を信用してはならないとおっしゃっているではございませんか」

弥六は床に視線をやったまま、吐き捨てるように続ける。

「狐小僧もやはり妖怪なのでございましょう。白仙の乱を起こした大妖怪と同じく、狐小僧も突然心変わりをした。何もおかしいことはございますまい」

「狐小僧は妖怪ではないよ」

「なにゆえ言い切れるのです。好き勝手に空を飛び回るなど人間業ではございませんでしょう」

「それでも、あの御仁《ごじん》は妖怪ではない。わたしにはわかるのだ」

弥六は一瞬目を丸くしたが、すぐに眉を顰め、食ってかかった。

「坊主が次々打たれた一件以来、和尚さまは随分と狐小僧をひいきにしておられますが、今の時世、妖怪の肩を持っては碌《ろく》な事になりませぬ。ただでさえ和尚さまは孔雀組に目をつけられているのですから……」

「孔雀組など怖《おそ》ろしくはないよ。尋問をするというなら好きにすればいい。それよりも、おかしいことをおかしいと言えぬ世のほうがずっと怖ろしい」

弥六の不服そうな顔を見て、天暁は苦笑した。

「わたしは大丈夫だ。孔雀組に連れて行かれたりなど……」

「大丈夫などではありませんッ」

弥六はめずらしく大声を出した。驚いたすねこすりたちが揃《そろ》って跳び上がる。縁側の外では黒鉄が何事かと窺《うかが》っていた。

「わたしは怖ろしいのです。わたしの大切な人が孔雀組に連れていかれ、帰ってこないことを考えるたび、苦しくて」

昨晩から胸の裡《うち》がざわついていた。己《おのれ》の口から出る言葉が焦燥を色濃くさせる。

「和尚さま、どうか、口を謹んでください。あのような、人か妖怪かもわからぬ者のために、和尚さまが身を危険に晒《さら》す必要はございません」

「お前も大概、心配が過ぎるね。狐小僧を庇《かば》ったくらいで引っ立てられては、江戸から人がいなくなってしまうよ。それに、わたしは己《おの》が身より、よほど……」

言いさし、天暁は口を押さえた。

「――確かに、お前の言い分も一理ある。外では狐小僧の話はしない」

「そうしてください」

「お前も、十分に気をつけなさい。人斬りはまだ捕まっていないようだからね」

弥六は小さくうなずき、油揚げと昆布の含め煮に箸をつけた。しかし、ひびの入った箸ではうまく持ち上げられず、油揚げはぽとりと膳に落ち、たっぷりとしみ込んだ出汁《だし》が作《さ》務衣《むえ》にはねた。

狐小僧が人を襲ってから五日が経《た》った。

弥六は毎夜偽者《にせもの》を探し回ったが、未《いま》だに尻尾《しっぽ》を摑めていない。出たと聞き及んですぐに向かうも、駆けつけた頃には偽者は消え失《う》せているのだ。人々は後からやって来た本物を「人殺し」と罵《のの》しり、追い回した。

この五日で二十人ほどが襲われた。依然として人死には出ていないが、やはり女子供や老人といった弱い者ばかりが狙われ、江戸を覆う怒りと恐怖は相当なものとなっている。

黒鉄は今回の件も妖怪の仕業だと踏んでいるようだった。確かに人間の足では妖怪――それも天狗《てんぐ》の目を振り切ることは難しい。狐小僧に成りすましているのは、玉吉や飛縁魔《ひのえんま》のお七のように、変化《へんげ》を得意とする妖怪と考えるのが妥当であろう。

だが、どうにも違和感がある。狐小僧に成りすますというやり方が人間じみている。女子供や老人ばかりを狙って殺さず、斬りつけるだけに留《とど》めている理由も不明だ。

――とにかく、早いところ見つけ出して、やめさせないと……。

弥六は箒《ほうき》を掃く手を止め、大きく溜息をついた。

いつもどおり参道を掃除しているが、いつにも増して身が入らない。徒《いたずら》に箒を動かし、落ち葉を散らすばかりである。

ここのところ満足に寝られていない。夜明けまで偽者を探し回っているのもあるが、床についても眠気がやってこないのだ。食い気も落ちており、おいよはこの世の終わりのような顔をしている。

「弥六や」

声をかけられ、弥六は面を上げた。いつの間にか参道にはまつの兄、梅吉が立っていた。目が大きく鼻筋が通っているまつとは違い、梅吉は垂れ目で鼻の丸い、人懐っこい顔立ちをしている。父の吉兵衛と同じく気の弱い性質《たち》で、いつも妹のまつに振り回されていた。

「こんにちは、梅吉兄さん。寺に来られるなど珍しいですね」

梅吉は申し訳なさそうに手を揉《も》みながら、うなずく。

「急ですまないけれど、一緒に店まで来てくれないかい」

「かまいませんが……何か困り事でも？」

「まつがすっかりふさぎこんでいてね。お前の顔を見れば、少しは元気が出るのではないかと思って」

「まつがどうかしたのですか」

梅吉は辺りを見回し、弥六に顔を寄せた。

「……狐小僧だよ」

一瞬、心《しん》の臓がどくんと跳ねた。

「まつのやつ、狐小僧は人を襲うものかと泣きはらしているんだよ。父さんもいよいよ参ってしまってね。店はおれと母さんでなんとかやっているけど、朝からてんやわんやで」

「それはまた、難儀な……」

「まつの妖怪好きにはほとほと困ったものだよ。——弥六や、勝手は承知だけれど、まつを元気づけてやってはくれないかい。このままだと、孔雀組の耳に入りかねないよ」

「わかりました。すぐに参りましょう」

弥六は箒を石灯籠《いしどうろう》に立てかけ、梅吉と共に境内《けいだい》の外へと出た。少し遅れて、黒鉄が先導するように飛んでいった。


藤屋の軒先に立っていたまつの父・吉兵衛は、弥六の姿を見るなり駆け寄ってきた。

「弥六や、よく来てくれたね。まつはこっちだ」

挨拶《あいさつ》をする間もなく、問答無用で店の中へと連れていかれる。

「梅吉から話は聞いてくれたかい」

「おおよそは……」

「まあ、聞いたとおりだよ。昨日までは何とか堪《こら》えていたのだが、今朝方客が持っていた読売《よみうり》を見て怒りだしてしまってね。さんざん泣きはらして、今は寝間にこもっている」

「読売？」

「知らないのかい。これだよ」

吉兵衛は懐《ふところ》からぐしゃぐしゃの読売を取り出した。

髪を逆立て、悪鬼《あっき》の如く目を吊《つ》り上げる大男の絵がでかでかと描かれている。大男は岩のような手で子供を何人も摑み、邪悪な笑みを浮かべていた。姿絵の隣には「狐小僧、童《わらべ》を丸呑《まるの》みに」とあり、この五日でどれほどの悪逆を働いたかが詳細に書き付けられている。

「町は朝からこの読売の話でもちきりでね。みな、狐小僧は裏切り者だの、退治すべき妖怪だのと、そんな話ばかりしている」

読売を懐にしまい、吉兵衛は溜息をついた。

「あの子は随分と狐小僧に熱を上げていたからね……わかっているとも。この時世で妖怪に肩入れをするのは危険だ。けれど、狐小僧の活躍を嬉《うれ》しそうにしている娘を見ると、何も言えなくなってしまってね」

吉兵衛と弥六は寝間に着いた。

部屋の真ん中には布団が一床だけ敷かれている。焼いた餅《もち》のように膨らんでおり、鼻を啜《すす》る音に合わせて微《かす》かに動いた。周りには大福などの菓子がずらりと並んでいるが、どれも手をつけられていない。

「まつや、弥六が来てくれたよ」

吉兵衛は布団のそばに座り込んだ。弥六も近くに腰を落とす。

「ほら、菓子も食べなさい。手をつけないでいると、弥六がすべて食べてしまうよ」

少しの沈黙の後、夜着の中からまつがもぞりと顔を覗かせた。

「わたしはいりません。弥六にあげてください」

「そんな寂しいことを。お前の好きなあずき屋の豆大福もあるのだよ」

「今は食べる気になれません」

まつは再び夜着の中にこもってしまった。

吉兵衛は肩を落とし、うなだれている。

「まつ、吉兵衛さんがすっかり参っているよ。元気を出すんだ」

弥六はこんもりと盛り上がった夜着に話しかける。

「たかが読売じゃないか。そんなに落ち込まなくても」

「ですが——狐小僧さまは、人を襲ってなどおりません」

夜着の中から聞こえてきたのは、涙まじりの低い声だった。

「みな薄情です。少し前まであんなに狐小僧さまをもて囃《はや》していたのに、今ではすっかり悪者扱い。江戸の守り手だの何だのと言っていたのは何だったのですか」

「だからこそだよ。此度《こたび》の件はどうしたって〈白仙の乱〉を思い起こさせる。まつは何があったか知ってるんだろ。みな、妖怪がまた押し寄せて来るんじゃないかと怯《おび》えているんだ」

「〈白仙の乱〉も、本当に白仙という妖怪の仕業だったのかあやしいところです」

「な……」

吉兵衛は隣で顔を青くしている。

〈白仙の乱〉は江戸の人々の心に深く刻み込まれた傷だ。江戸には孔雀組のやり方をよく思っていない者が大勢いるが、そのような者たちでも白仙のことは決して擁護しない。

弥六はずっと、〈白仙の乱〉を起こしたのは父ではない、父だとしても、深い事情があったのだ——そう己に言い聞かせてきた。だが、あの柳鼠《やぎねず》ですら、〈白仙の乱〉については首を横に振るばかりで何も語らない。

まつの言葉は、弥六にとっては思いがけず嬉しいものでもあった。だが、いまは喜んではいられない。

「まつ、それは思っていても口にしてはだめだ。もしほかの誰かに聞かれでもしたら」

「孔雀組へ連れて行かれるのでしょう。わかっています。……でも、こんなのおかしい。どうしておかしいと言っただけで罰せられなければならないんですか。そんなに孔雀組は偉くて正しいのですか」

おかしいことをおかしいと言えぬ世のほうがずっと怖ろしい——ふと、先日の天暁の言葉が脳裏を過《よ》ぎった。だが江戸では、妖怪はいかなる場合も悪であり、妖怪を滅する者こそが善である。孔雀組がどれだけの横暴を働こうとも、妖怪に対する恐怖がそれを上回るせいで、誰も声をあげようとしない。

「まつは、どうしてそこまで狐小僧に熱を上げるんだい」

まつはもぞりと顔を出し、まっすぐに弥六を見据えた。

「狐小僧さまは、わたしの知っているお方かもしれないのです」

ぶわ、と背中に嫌な汗が滲《にじ》んだ。

「それは、どういう――」

「………何でもありません。忘れてください」

まつは再び夜着の中に顔を引っ込めた。

「少し一人にさせてください。弥六の顔を見たら少し元気が出ました。お昼過ぎには、店に出ますから」

吉兵衛は弥六を見た。顔にはわかりやすいほどの安堵《あんど》が浮かんでいる。

「そうかそうか、それはよかった。……弥六や、いくつか菓子を持っていきなさい。来てくれたお礼だよ」

吉兵衛は包み紙に大福や羊羹《ようかん》などを詰め込み、弥六に持たせた。そのまま肩を回し、寝間を後にする。

部屋から出ていく際、後ろを振り返った。まつは夜着に包《くる》まったまま、動かなかった。

まつと会った日の夜も、弥六はいつもどおり玉吉に代わりを頼み、狐小僧として町に出た。

篠突《しのつ》くような大雨である。みな濡《ぬ》れるのを嫌がっているのか、あるいは狐小僧を恐れているのか、町には人気《ひとけ》がまったくない。

「鬱陶《うっとう》しい雨だな。音が聞こえない」

黒鉄は弥六をぶら下げたまま、忌々《いまいま》しげに舌打ちをした。

「昼はあれだけ晴れていたというのにね。とうとう天にも見放されたかな」

「狐小僧は今や江戸の大悪党だからな。天運も読売を読んだのだろうよ。――待て。今、何か走っていかなかったか」

「何だって……うわっ」

突然向きを変え、黒鉄は浅草のほうへと向かった。

黒鉄の言うとおり、武家屋敷に挟まれた狭い道を何者かが走っている。雨でわかりづらいが、どうやら黒装束《しょうぞく》を纏《まと》っているようだ。

黒装束の人物はぴたと立ち止まると、用心深そうに辺りを見回した。その顔は弥六と同じ狐面に覆われていた。

「間違いない、奴が例の偽者だ。——降りるぞ。舌を噛むなよ」

黒鉄は大きく羽ばたいたかと思うと、凄《すさ》まじい速さで降下した。弥六は手を離し、偽者の前に着地する。突然現れた本物に、黒装束の人物は狼狽《うろた》えているようであった。

「随分と好き勝手にやってくれたな。何者だ、お前は」

偽者は後ずさり、泥を蹴立《けた》て逃げ去っていく。しかし、黒鉄に体当たりを見舞われ、地面を転がった。

弥六は偽者を取り押さえ、乱暴に胸ぐらを摑み上げる。偽者は逃げられないと悟ったのか抵抗しなかった。

「お前は妖怪か。答えろッ」

偽者はびくっと肩を跳ねさせる。次の瞬間、その姿は真っ白な狐に変わっていた。

——尻尾が二股に分かれている、ということは……。

「化《ば》け狐《ぎつね》か」

狐は返事をせず、逃れようと必死に藻掻《もが》いている。

「なにゆえ、わたしに成りすまして人を襲った。狙いはなんだ！」

「……げろ」

「なに？」

「逃げろ、罠《わな》だ」

その時、後方からじゃり、と濡れた土を踏む音がした。

弥六は咄嗟《とっさ》に背後を振り返る。道の先には提灯《ちょうちん》の灯りがぽつんと浮かんでいた。何者かと目を凝らしていると――。

「な……」

提灯の灯りはみるみる数を増していった。そのうちのいくつかには〝火盗《かとう》〟の二文字が浮かび上がっている。――火付盗賊改方《ひつけとうぞくあらためかた》だ。

道の反対側にも次々と灯りが浮かび上がる。ざっと十人はいるだろう。左右を高い塀に囲まれた一本道であるため、逃げ場はない。

弥六は狐面の内で唇を嚙み、腰裏の脇差《わきざし》へと手をやった。その隙《すき》を突き、化け狐が弥六の手からするりと逃れる。化け狐は目にもとまらぬ速さで塀を駆け上がり、武家屋敷の屋根伝いに走り去っていった。

「黒鉄、追ってくれ」

黒鉄は僅《わず》かに逡巡《しゅんじゅん》を見せたが、化け狐が逃げたほうへと飛んでいった。

「……追い詰めたぞ、狐小僧」

闇の中から火事装束と火事兜《かぶと》を身につけた男――長官の岡部忠英が姿を現す。岡部に続き、配下の侍らも次々と前に進み出てきた。中には坂口鷹之助の姿もあった。

「弱きを手にかける蛮行、断じて許せぬ。火盗改の威信にかけ、貴様をここで捕らえる」

侍らが一斉に刀を抜く。弥六も脇差を抜き、何も言わずに構えた。

「覚悟ッ」

先陣を切ったのは年若い侍だった。大きく踏み込み、振り上げざま袈裟《けさ》に斬り込んでくる。弥六は力任せに刀を撥《は》ね上げ、隙だらけの鳩尾《みぞおち》に蹴りを食らわせた。

すかさず、右側の侍が突きを繰り出してくる。

弥六は素早くしゃがんで侍の足を蹴り払い、倒れた侍の首根っこを摑んで、左側の侍へとぶつけた。二人はもみ合うように転がっていき、塀にぶつかってぐったりと横たわった。

「イヤァッ！」

今度は大柄の侍が刀を上段に構え、猪《いのしし》の如き勢いで斬り込んできた。弥六は振り下ろされた重たい一刀を頭上で受け止める。踵《かかと》がぬかるんだ地面に沈んだ。

大柄な男は目を血走らせ、弥六を叩き潰《つぶ》さん勢いで刀に体重をかける。

柄《つか》を握る手に力を込め、弥六は刀を撥ね上げた。たたらを踏む大男の胸に蹴りを見舞い、後方へと吹っ飛ばす。間合いをはかっていた侍らは、七尺もありそうな大男の下敷きとなり、苦しげに呻《うめ》いた。

「……お頭《かしら》。ここは某《それがし》に」

皆が怖《お》じ気《け》づくなか、一人の侍が音もなく前へと出た。鷹之助である。

「やれるのか」

「お任せを」

鷹之助は能面のような無表情で刀を構えた。

「狐小僧よ、そなたには借りがある。……だが、手加減はせぬぞ」

雨がどんどん激しくなる。狐面の内に入り込んだ雨が、額から顎へと流れ落ちていく。

その時、遠くで雷の音が響いた。

「タァッ！」

鷹之助は気合いを発し、袈裟に斬り込んでくる。弥六は左へと跳び、振り下ろされた刀を躱《かわ》した。しかし、鷹之助はすかさず身を捻《ひね》り、刀を翻《ひるがえ》して逆袈裟に斬り上げた。

弥六は慌てて脇差で受け止めるも、刀を打ち上げられ、ふらりとよろめく。力では勝っているはずなのに、鷹之助の太刀《たち》がやけに重く感じる。

ぬかるんだ地面を踏みしめ、脇差を構え直す。

鷹之助はすうと目を細めると、今度は上段から斬り込んできた。弥六も今度は避けずに真っ正面から受け止める。鍔迫《つばぜ》り合いのかたちだ。

鷹之助は目を見開き、刀に体重をかけた。だが弥六の刀を押しやることは叶《かな》わなかった。

「ぬうっ」

刀ごと突き飛ばされ、鷹之助は腕を振り上げたまま後ずさった。がら空きとなった腹に一刀を叩《たた》き込もうとした弥六であったが――。

「え……？」

目の前に黒い羽が舞い散る。一拍おいて、黒い塊が地面を滑っていった。落ちてきたのは黒鉄だった。右の羽が千切れかかっており、傷口からは黒い煤《すす》のようなものが流れ出ている。人間で言うところの血が流れ出ているのだ。

——なぜ、黒鉄がここに。一体何が。

斬撃から庇ってくれたのかと思ったが、ただの刀では妖怪を斬ることはできない。妖怪を傷つけるには、孔雀組のように刀に呪を乗せるか、退魔の術を用いる必要がある。

——まさか、ほかにも潜んでいる者がいるのか……⁉

弥六は踵《きびす》を返し、黒鉄の元へ走った。ぐったりとした体を抱え上げ、懐へとしまい込む。

刹那《せつな》、背中に激痛が走った。

「ぐっ……」

生温かいものが背筋を流れていく。手足が痺《しび》れて上手く動かない。

「そなた、何故《なにゆえ》……」

斬りつけた鷹之助は呆然《ぼうぜん》としていた。まるで「斬ってしまった」とでも言いたげな面持ちであった。

「みなの者、今だ、捕らえよ！」

岡部の声を受け、侍たちが一斉に向かってくる。

　弥六は身を低くし、侍たちの間を縫うように走り抜けた。腕と胴を斬られたが、背中の刀傷に比べれば大したことはない。背後から足音と怒号が聞こえる。

「追えッ、絶対に逃がすな」

　弥六は黒鉄をしっかりと抱きかかえ、必死に走った。

　動くたび、背中に激痛が走る。おそらく傷は骨まで達しているだろう。半妖《はんよう》の身でなければ今ごろ気を失っているところだ。

　空を飛んで逃げることはできない。どうにかして火盗改の連中を撒《ま》かなければ。

　――どうする。どうすればいい……！

　その時、物陰から何者かの腕が伸びてきた。その腕に摑まれ裏道へと引きずり込まれる。

「誰だッ……！」

　慌てて腕を振り払い、脇差を構えた。だが見ると相手は侍ではない。頭巾《ずきん》を被《かぶ》った女だ。

「こちらに身を潜められる場所がございます。お早く」

　後ろからは足音が近づいてきている。迷っている暇はない。

　弥六は女に連れられるままに裏道を突き進んだ。しばらくして見えてきたのは背の高い生け垣だ。女は突然しゃがみ込んだかと思うと、生け垣を掻き分けて入っていく。

　弥六は痛む背中をこらえ、生け垣の中へと潜り込んだ。抜けた先にあったのは、二階建てのこぢんまりとした屋敷だ。どこぞの武家の下屋敷か何かだろう。

「こちらに逃げこんだように見えたが……」

生け垣の向こう側から侍らの足音が聞こえる。

弥六は脇差に手をかけ、息を殺した。心臓の音が体中に響いている。

「おらぬぞ。まさか、また飛んで逃げたのではあるまいな」

「あの怪我《けが》ではそう遠くまでは行けまい。探すのだ」

足音が遠ざかっていく。

弥六は安堵の溜息を漏らした。

「危ないところでございましたね」

女は弥六に身を寄せ、ひそひそと囁《ささや》く。なにやら聞き覚えのある声だ。

「ここのことでしたら、ご安心を。このお屋敷はとあるお武家様の別邸で、普段は用人がお一人と、下男下女の三人しか住んでおられないのです。何度かここに身を潜めたことがございますが、見つかったためしがございません」

「そなたは一体……」

「ただの茶汲《ちゃく》み娘にございます。どうしてもあなたさまにお尋ねしたいことがございまして、夜な夜なお姿を探しておりました」

女は頭巾を脱いだ。なんと、その正体はまつであった。

狐小僧を一目見るべく床を抜けだしているのは知っていたが、夜な夜な探し回っているとは思いもしなかった。隠れ場所を知っているということは、幾度か危ない目にも遭っているのだろう。

弥六は思わず「危ないことはやめてくれ」と口に出しそうになった。しかし、すんでの所で言葉を呑み込んだ。

「狐小僧さま、どうか正直に答えてくださいまし。あなたさまの正体は、もしや……」

面の下で顔を青くした弥六に、まつは――。

「白仙さまなのではございませんか？」

「……なに？」

思いもよらぬ言葉に弥六は息を呑んだ。

「活躍を初めて耳にしたときから、ずっとそうに違いないと思っておりました。狐の面をつけ、人と妖怪どちらも助けるお方……あなたさまは、白仙さまなのでございましょう？」

何一つ言葉が出てこない。

「わたくしはずっとあなたさまにお会いしたかったのです。会って、お礼が言いたかった」

「………」

「覚えておられないかもしれませんが、わたくしは七つの頃、あなたさまに命を救われているのです。人攫《ひとさら》いに連れていかれそうになったところを助けてくだすった。わたくしはあの時のご恩を一日たりとて忘れたことはございません」

まつはぐっと身を乗り出し、続ける。

「みな、あなたさまが江戸を襲ったというけれど、わたくしはとても信じられないのです。あなたさまはあの時、もう悪者はいなくなったと言って頭を撫《な》でてくださった。わたくしを肩に乗せてくださったではありませんか。そのようなお方が人を襲うなど……」

まつは涙を堪《こら》えるように顔をしかめた。

まさか、父である白仙が過去にまつを助けていたとは。

まつが妖怪を好いている理由がいま初めてわかった。まつは妖怪が悪い者ばかりではないことを身を以《もっ》て知っていたのだ。〈白仙の乱〉に対して懐疑を抱くのも当然のことである。そのようななかで突如として現れた狐小僧は、まつにとって心の支えになっていたのかもしれない。

そして、己もまた、まつの話に幾分か救われたような気がした。父は、確かに人を助けていたのだ。

〈白仙の乱〉は起きた。これは変えようのない事実だ。だが、人と妖怪が共に生きる世をつくるという父の志に偽りはなかった。――そう願いたい。

「……わたしは、白仙ではない」

「そんな！」

納得がいかないとばかりに口を開いたまつの顔が、みるみる悲しげに歪《ゆが》んでいく。

「わたくしの早とちりであったということでございますか」

「だが、かの者の意思は継いでいるつもりだ」

「――えっ？」

目を丸くするまつをそのままに、弥六は生け垣の外へと向かう。しかし、また腕を掴まれ、乱暴に引き留められた。

「いけません、そのようなお体では」

「案ずるな。この程度の傷、どうということはない」

まつはしばらく何かを考えていたが、ぎゅっと眉を顰《ひそ》めたかと思うと、手を放した。

「狐小僧さま。あなたさま――が白仙さまでなくとも、わたくしはあなたさまを信じております」

弥六は小さくうなずき、生け垣を潜《くぐ》り抜けて外へと出た。

侍らの足音は、もう僅かにも聞こえなくなっていた。


神田川にかかる上水橋の中ほどに、眼鏡《めがね》をかけた総髪《そうはつ》の男が傘を差して立っている。孔雀組の隠密《おんみつ》同心、南條明親《なんじょうあきちか》である。

南條は橋を渡った先にある屋敷を凝《じっ》と見つめていた。先刻、狐小僧が若い娘と共に身を隠した屋敷だ。火盗改の連中は誰一人としてそのことに気付かなかったが、南條は二人が逃げ込んでいくところを遠くからずっと見ていた。

「南條殿。松本《まつもと》が戻ったようです」

死んだ魚のような目をした中年侍が南條に顔を寄せ、言う。中年侍は傘を差しておらず、代わりに麻袋を抱えていた。中に生き物が入っているのか、袋は時折もぞりと動いた。

やがて、橋のたもとに精悍《せいかん》な顔つきの若侍が現れた。傍《かたわ》らにいるのは、尻尾が二股に分かれた白い狐だ。

狐は鼻先に皺《しわ》を寄せ、南條を睨《ね》めつけた。

「言われたとおりにしたぞ。これで仔《こ》らを返してくれるのだろう」

南條は人の好《よ》さそうな笑みを口元に浮かべる。しかしその目は一切笑ってない。

「確かに、お前は私が望んだとおり、見事、狐小僧をおびき出してくれた。だが奴は逃げ果《おお》せてしまったようだぞ」

「それはお前らの不手際だッ。話が違うぞ！」

「そう怒るな。仔狐らは返す。――高尾《たかお》」

死んだ目の中年侍はうなずき、麻袋を狐の足元へと放り投げた。中から転がり出てきたのは、呪符《じゅふ》を全身に貼り付けられ、ひゅうひゅうと息を漏らしている二匹の仔狐だ。

「あざみッ、くぬぎッ！」

狐は血相を変えて仔狐らに縋りつく。その隙に、若侍――松本は狐の背に呪符を貼った。

「オン、マユラ、キランティ、ソワカ」

南條が真言《タントラ》を唱えると、呪符から墨のようなものが滲みだした。狐は慌てて呪符を剝《は》がすも、黒い染みはじわじわと白い体に広がっていく。

「貴様、何を……ッ！」

「約束どおり、仔らは返したぞ。だが見逃してやると言った覚えはない」

南條は高尾に傘を持たせ、顔の前で複雑な手印を組んだ。

「たんと、えんご、さくあめん、べえむしゃ、むい」

みしり、と空気の軋《きし》む音がした。仔狐らの体が拉《ひしゃ》げ、口から苦しげな擦過音が漏れる。

親狐が慌てて駆け寄るも間に合わず、二匹の体は黒い煤となって雨に押し流されていった。

親狐は橋床に手を突き、残った呪符と麻袋を呆然と見つめる。面を上げたとき、その顔は並々ならぬ憎悪と怒りに満ちていた。

「よくも、仔らを……。許さぬぞ、孔雀組！」

狐は南條に飛びかかった。

すかさず、死んだ目をした中年侍――高尾が傘を投げ捨てて刀を抜き、狐の牙《きば》を受け止める。刀に妖怪殺しの呪《じゅ》が乗《の》っていると悟った狐は、飛び退いて橋のたもとに着地した。

南條は再び手印を組み、狐を狙ったが、橋床が僅かにはじけ飛んだだけで仕留めることは叶わなかった。狐は走り去り、あっと言う間に夜の闇に溶けて消えた。

「まったく、狐とはどうしてこうも逃げ足が速いのだ」

南條は傘を拾ってやれやれと溜息をつく。

「松本、奴を始末しろ。あの様子ではもって一日だろうが……念には念を入れたほうがよい」

「承知いたしました」

松本は軽く会釈をし、雨夜のなかに消えていった。

その後ろ姿を、高尾は冷めた目で見ている。

「……よろしいので？　お頭は、今しばらく狐小僧の評判を落とすようにと」

「いくらお頭の命といえど、妖怪を使うのはもはや耐えられぬ。管使《くだつか》いどもはよく平気な顔をして妖怪を使役できるな」

南條はわざとらしく身震いした。

「目明かしたちに悪評を広めさせてはおりますが、狐小僧を囃し立てる声は未だ多うございまする。組を挙げて討伐に乗り出すには、些《いささ》か口実が足りぬかと……」

「まったく律儀なことだ。民衆は狐小僧を妖怪と思っているのだから、妖怪退治の名目で動けばよかろうに。……まあ、お頭としては、これ以上組の評判を落としたくないというのが正直なところであろうな。人気者を始末したとあれば、民衆からの誹《そし》りは免れぬ」

「いかがなさるおつもりで」

「狐を捕らえるには罠が一番だ。折よく、泳がせていた餌が上等なものであったと知れたからな」

南條は再び対岸の屋敷へと視線をやった。濁った双眼が捉えているのは屋敷そのものではなく、狐小僧を匿《かくま》い、上野のほうへと走り去った若い娘である。

「楽しみだな。己《おの》がために誰かが犠牲になったとき、狐小僧は一体どんな顔を見せてくれるのやら……」

南條は口元を押さえ、喉をくつくつ鳴らした。


昨晩、弥六はやっとの思いで太福寺へたどり着き、手当もそこそこに眠りに落ちた。気を失ったようなものであった。

例によって、天暁が朝方に起こしに来たそうだが、おいよが「坊ちゃんは具合が悪いようで……」と言ってくれたらしく、昼過ぎまで寝ることができた。

斬られた背中の傷は幾分かよくなったが、まだ塞《ふさ》がっておらず、体を大きく動かすと傷が開いてしまう。今は安静にしていているほかない。

同じく傷を負った黒鉄は本堂の屋根裏で休んでいる。幸いにも翼は千切れずに済んだが、傷は深く、まだ上手く飛べずにいるらしい。当の黒鉄にとっては、体の傷よりも、主《あるじ》に傷を負わせたということが重くのしかかっているようだ。

──なにはともあれ、生きて逃げ切れたのは幸いだった……。

弥六は床の上で深く溜息をついた。

昨晩は本当に危なかった。まつがいなければ間違いなく火盗改に捕まっていただろう。

化け狐が言っていたとおり、昨晩の件は罠だったのだ。化け狐はわざと見つかり、火盗改が潜んでいた場所へと弥六をおびき出した。火盗改が張っていたのも、狐小僧が現れる場所を事前に聞かされていたからに違いない。

化け狐はなぜ、弥六に「逃げろ」と言ったのだろう。狐小僧を恨んでいるのであれば、わざわざ危険を知らせる必要などなかったはずだ。

火盗改が妖怪を使うとは考えにくい。

おそらく、火盗改も含め、陰で糸を引いている者がいる。

「天暁、どこだいッ。大変だよ！」

切羽詰まった女の声が外から聞こえてきた。これは菊之屋の女主人・おときの声だ。

床から這い出て、障子戸を開ける。おときは弥六に気付くが早いか血相を変えて駆け寄ってきた。相当に急いで走ってきたようで、息が乱れ、裾《すそ》がはだけている。

「弥六や、天暁はどこだい」

「本堂におりますが……何があったのですか。そのように慌てて」

「どうもこうもないよッ。ああ、大変だ。どうしてこんな」

おときがここまで取り乱すということは、よほどのことがあったのだろう。

「随分と騒々しいじゃないか。物盗《ものと》りにでも入られたかい」

騒ぎを聞きつけた天暁が本堂のほうから歩いてくる。からかうような口調であったが、おときの様子を見るやいなや、表情を硬くした。

「天暁、わたしはどうしたらいいんだい。まつが」

おときは天暁に縋《すが》りついた。

「まつが、孔雀組に連れていかれちまったんだよッ」

体から血の気が失せていく。おときが必死に喋っているが、何も頭に入ってこない。

気付けば、弥六は己の体のことなどかまわず、部屋から飛び出していた。天暁の声を無視し、裸足《はだし》で境内の外へと走っていく。傷が開いた感覚があったが、痛みは感じなかった。

藤屋の前には大層な人だかりが出来ていた。

野次馬のざわめきなど気にも留めず、孔雀組の同心らは破邪《はじゃ》の札《ふだ》を片手に店のまわりを検《あらた》めている。線香の臭いは下谷広小路《したやひろこうじ》のほうまで流れてきていた。

吉兵衛らの姿はない。店の中で調べを受けているのだろう。

「まつも、とうとうか……」

「吉兵衛さんも可哀想《かわいそう》に」

ひそひそと話をする野次馬を押しのけ、弥六は店の前へと進み出た。肌の浅黒い同心が立ちはだかり、弥六の肩を乱暴に押し飛ばす。だが、弥六は一歩も動かなかった。

「何だ、その目は」

殺気立った目つきに圧倒されたのか、同心はたじろぐ。

「なにゆえ、まつを連れていったのです。まつが何をしたというのですか」

「あの娘は、人を害する妖怪を手助けし、匿《かくま》った疑いがある」

「何かの間違いです。そのようなこと……」

言いさし、弥六は目を見開いた。

妖怪を手助けし、匿った――まさか。

「もしかして、まつは狐小僧とぐるだったんじゃねぇか」

弥六の心中を見透かすように、人だかりのなかから声があがった。

弥六は強く拳《こぶし》を握り、反論するように大声で言う。

「狐小僧は人か妖怪か定かでないはず。妖怪を手助けしたと決めつけ、捕らえるのは筋が違いましょう」

「狐小僧とは一言も申しておらぬ」

「ならば、一体何の疑いがあると――」

言い終える前に弥六は何者かに肩を摑まれ、ぐいと後ろに引っ張られた。そのまま強引に人だかりの外へ連れ出される。

弥六を引っ張ったのは、鷹之助であった。

「そなた、何を考えておるのだ。老緑《おいみどり》に食ってかかるなど」

人の目があると思ったのか、鷹之助は弥六の腕を引いて木の陰へと場所を移した。

「下手なことをしては、そなたまで捕らえられかねんぞ」

「しかし、まつが連れていかれたというのに、黙っているなど」

「気持ちは分かるが、ここはひとつ堪えよ。万が一そなたの身に何かあれば、和尚もただではすまぬ」

鷹之助の言うとおりだ。孔雀組は捕らえた者の身内も情け容赦なく取り調べる。もし弥六が捕まれば、天暁とおいよはもちろん、おときにも手が及ぶだろうし、最悪、鷹之助も疑いをかけられるだろう。太福寺に住む妖怪たちもまず無事ではいられない。

「某とて到底納得がいかぬ。まつは確かに妖怪を好いていたが、人を害するような娘ではない。それに、狐小僧を手助けしていたのが真《まこと》であれば、まつを調べるのは我々火盗改の役目だ。そなたの言うとおり、孔雀組が動くのは筋が違う」

「火盗改がまつの身柄を引き受けることはできぬのですか」

「お頭に掛け合ってみるつもりだが……望みは薄いであろうな」

「そんな……」

　鷹之助はうなだれる弥六の背に手を置き、

「元気を出せ。連中とて、調べもせず首を斬るような真似はせぬだろう。疑いが晴れさえすれば、まつは無事に帰ってくる。それまで大人しく待つほかあるまい。……ん？　そなた、怪我をしておるのか。背に血が滲んで――」

　慌てて、弥六は鷹之助から離れた。

「先日、普請《ふしん》の手伝いをしている際に、落ちてきた材木が背中を掠《かす》ったのでございます。幸い、肉が多少抉《えぐ》れる程度で済みましたが、頭に落ちていたらと思うと」

「真か？　かすり傷にしては随分と血が出ているようだが……」

「走ったので傷が開いたのやもしれませぬ。寺に帰って布を替えます。それでは、わたしはこれでごめんを」

　弥六は鷹之助に背を向けぬようじりじりと後ずさり、場から逃げ去った。鷹之助に呼び止められたが、振り返りはしなかった。

その日の夜、弥六はいつもどおり黒装束に身を包み、町へ見廻りに出た。

昨晩負った傷はまだ癒えていないが、化け狐がまた人を襲わないとも限らない。じっとしているわけにはいかなかった。

黒鉄には声をかけなかった。しかし、いざ寺を発《た》とうというとき、黒鉄は当然のように石灯籠の上で弥六を待ち構えていた。翼はすっかり元どおりになったと黒鉄は言うが、道中かなりふらついていたので今も痛むのだろう。

下谷周辺を見廻ったついでに、弥六は天王寺《てんのうじ》にある五重塔の屋根に降り立った。

北には孔雀組の詰所が見える。周りには寺院と田畑しかなく、昼夜問わず人気がない。

孔雀組がわざわざこのような僻地《へきち》に詰所を構えたのは、北方からやって来る妖怪をいち早く迎え撃つためとも、拷問を受ける者の叫びを隠すためともいわれている。

詰所は四方を塀で囲まれており、門は東と西の二カ所だけである。中央にひときわ大きな屋敷があり、南側には牢屋《ろうや》らしき細長い建物が三棟建っている。離れた所にぽつんと建っているのは拷問蔵《せめぐら》だろう。西側には長屋が並んでおり、北側には道場と小さな稲荷《いなり》が見えた。詰所から少し離れた所にある更地は刑場だ。孔雀組に死罪と沙汰《さた》を下された者は、あまねく見せしめにされる。首を斬られる者もいれば、呪術でもってじわじわと殺される者もいるという。

「まつは、今もあそこに捕らえられているんだろうね」

弥六の肩に乗る黒鉄は、低い声で答える。

「言うまでもなかろうが……中へ乗り込めば、いくらお前とて無事ではいられんぞ」

「わかってるよ。さすがに、そこまで考えなしじゃない」

塀の内外に見張りがいることはここからでも確認できる。詰所には南條のような力のある退魔師も多くいるだろうし、魔除《まよ》けの呪も土地全体に施してあるはずだ。中に足を踏み入れたが最後、生きては出られないだろう。

「……ん、どうかしたかい」

黒鉄が首を傾《かし》げ、じっとしている。遠くの音を拾っているのだ。

「足音が聞こえる。一つは人間のもの。もう一つは……四つ足の獣だ」

「あの化け狐かもしれない。行こう」

弥六は塔の屋根から飛び降り、黒鉄の脚を摑んだ。黒鉄は一瞬、ガクンと沈み込んだが、すぐに持ち直し、浅草のほうへ向かった。

下谷通新町《とおりしんまち》を通り過ぎ、山谷《さんや》堀《ぼり》に沿って飛んでいくと、田道を走る何者かの姿が見えてきた。腰に大小を差し、老緑の羽織を羽織った男——孔雀組の同心だ。

同心が追っているのは尻尾が二つに分かれた狐だった。姿形からして、昨晩弥六の前に現れた化け狐と同じだろう。老緑に傷を負わされたのか、走り方がぎこちない。

「このまま放っておけば、あの老緑が始末をしてくれるだろうが……どうする」

「もちろん、助けるさ」

弥六は黒鉄の脚から手を離し、同心と狐の間に着地した。

「なっ……狐小僧⁉」

思いもよらぬ闖入者《ちんにゅうしゃ》を前に、年若い同心は狼狽《うろた》えた。

刀を構える隙を与えず、弥六は懐へ入り込んで頤《おとがい》に蹴りを見舞った。同心の体は釣り上げられた鮪《まぐろ》のように宙を舞い、弧を描いて田んぼへと落ちていく。派手な水音のあと、呻き声がかすかに聞こえてきたが、起き上がってくる様子はなかった。

同心が完全に沈黙したことを確かめ、化け狐の後を追う。遠くまで走り去っていったかと思いきや、少し行った先でぐったりと横たわっていた。

「おい、しっかりしろ!」

慌てて化け狐のもとに駆け寄る。

よく見ると、化け狐の体は汚れているのではなく黒い染みに侵されていた。染みはまるで生きているかのように蠢《うごめ》いており、白い体をどんどん蝕《むしば》んでいく。

「なんだ、これ……」

「触るな」

黒鉄に止められ、弥六はすんでのところで手を引いた。

「呪《のろ》いだ。ほぼ全身にまわっている。長くはもつまい」

「解くことは」

「爺《じじい》ならばどうにかできるかもしれんが……おれは反対だ。こいつはお前に成りすまし、人を斬ってまわっていたんだぞ。そもそも、これが罠でないとも限らん」

黒鉄の言い分はもっともだ。化け狐が狐小僧を追い詰め、打ち倒そうとしているのであれば、太福寺へ連れて帰るのは悪手《あくしゅ》である。天暁や、ほかの妖怪たちを危険に晒しかねない。

だが、弥六はどうしても、化け狐から悪意を感じられずにいた。

「……いや、連れて帰ろう。このまま見殺しにはできない。それに、なぜ狐小僧に成りすましていたのかも問いたださないと」

黒鉄は舌打ちをし、大きく羽ばたいて宙に舞い上がった。

弥六は黒い染みになるべく触れぬよう化け狐を抱え、黒鉄の脚に摑まって夜空へと消えていった。

「オン・キリキリ・バザラ・ウン・ハッタ……いや、違うのう。オン・アミリティ――」

太福寺の本堂で、柳鼠は草紙と睨《にら》み合いながら化け狐の解呪《かいじゅ》を試みていた。草紙には孔雀組が扱う術について書き記してある。柳鼠が地道に調べ、書きつけていったものだ。

玉吉とおいよ、すねこすりたちも本堂に集まり、化け狐を見守っていた。黒鉄は入口の前で化け狐に鋭い眼差《まなざ》しを向けているが、これは万が一化け狐が逃げたときすぐ捕らえられるようにするためだろう。

「むっ、これか！」

突然、化け狐の体が跳ねた。柳鼠が組んだ手印が効いたらしい。

化け狐は苦しげな声を漏らし、暴れ出した。黒い染みがぐじゅぐじゅと音を立てて広がっていく。白かったはずの体はほとんど染みに侵され、鬼灯《ほおずき》のような色をしていた瞳も黒く濁っていた。

「鼠爺、呪いが！」

「効いている証でございますぞ。……オン・センダラ・ハラバヤ・ソワカ！」

化け狐は戦慄《わなな》き、がふっと黒いものを吐いた。少しして、白い体を蝕んでいた染みはみるみる引いていった。

「うまくいったな、爺！」

喜びの声をあげた弥六だったが、柳鼠は浮かない顔であった。

「申し訳ございませぬ、若様。わしでは力不足でございました」

「どういうことだい。黒い染みは引いているけれど……」

「今まさに消えんとしていた命を、多少延ばしただけにございます。……もって四、五日かと」

弥六も妖怪たちも、沈痛な面持ちで口を噤《つぐ》んだ。

「まさか、お前に助けられようとは……」

沈黙のなか、口を開いたのは化け狐であった。頭をもたげ、赤い目で弥六をみやる。

「わたしは、お前に成りすまし人を斬ったのだぞ。憎くないのか」

「なにか理由があるんだろ。お前はあの時、わたしに逃げろと言った。それに、決して人を殺《あや》めなかった。わたしを追い詰めようとしている奴が、そんな手加減はしないだろう」

「……」

「わけを、聞かせてくれないか」

化け狐は目を伏せ、溜息をついた。

「わたしには二匹の仔がいた。血の繋《つな》がりはないが、大事な我が子だ。……笑われるやもしれぬが、わたしはようすが変わりをし、仔らを慈《いつく》しむことをようすがとしていた」

「めずらしいね。妖怪が仔を持つなんて」

「なに、はじめはつまらぬ理由であった。武蔵《むさし》のほうで人を化かして過ごしていた頃、とある大妖怪に招かれた。わたしのような化け狐とは違う、立派な妖狐《ようこ》だ。そのお方には子がいてな。大妖怪が人間の真似事なぞと嗤《わら》いもしたが、もしや子をもてばあの方のような妖狐になれるのやも……わたしはそう考えた」

弥六は思わず柳鼠を見た。柳鼠は眉一つ動かさなかったが、弥六に対して小さくうなずいてみせた。

「わたしは年若い化け狐を二匹拾い、共に過ごした。そうしてあのお方の真似事をしているうちに、いつしか、心から仔らを慈しむようになっていた。仔らに父と呼ばれるたび、嬉しくなった」

「その仔らは、今」

「死んだ。惨《むご》たらしく殺された」

化け狐は痛みを堪えるかのように身を震わせ、続ける。

「江戸に移り住んでしばらくした頃、仔らが捕らえられた。連中は仔らを人質にとり、命が惜しくば狐小僧の姿で人を斬れと、そう言った」

「命じたのは何者だ」

「孔雀組だ。……隠密廻り、南條明親」

刹那、弥六の背筋に冷たいものが伝った。

妖怪の間にも動揺が走る。

「奴は約束を反故《ほご》にし、我が仔らを無惨に殺めた。許さぬ。目にものを見せてやらねば気が済まぬ……！」

化け狐は鼻先に皺を寄せ、歯を剝《む》き出しにして唸《うな》った。鬼灯色の目は、復讐《ふくしゅう》に燃える炎の如きであった。

「孔雀組が、なぜそのようなことを」

「奴らは妖怪の味方をし、そのうえで民衆の人気を集めるお前が目障りで仕方がないのだ。お前の評判を落とし、妖怪は悪しきものだと知らしめたいのだろう」

玉吉が「汚《きたね》え連中だ」と吐き捨てる。すねこすりたちも怒っているのか、珍しく歯を剝いていた。

「連中は目明かしを使い、悪評を広めている。民衆が狐小僧を悪と見るようになれば、孔雀組が表立って狐小僧を殺めても非難をする者はおらぬ」

――ということは、やはりまつは人質として……。

昨晩、孔雀組は陰に潜んでおり、まつが狐小僧を助けたところを見ていたのだ。まつは狐小僧をおびき出す餌として捕らえられたのだろう。

「よすがである伜らをうしなった以上、わたしはもう長くない。今さら、己が命など惜しくはないが、伜らの仇を討たねば、死ぬに死にきれぬ」

みな、神妙な顔で押し黙っている。

孔雀組の蛮行を許すわけにはいかない。だが、孔雀組という大きな組織とどのように戦えばよいのか。

まつの身も危険だ。早く助けなければ首を斬られるかもしれない。

こういうとき、父ならばどうしただろう。もしや、父も人間の醜い部分に触れ、嫌気がさして〈白仙の乱〉を起こしたのだろうか。

己とて、まつの身にもしものことがあれば、不殺の誓いをかなぐり捨てて復讐の鬼と化すかもしれない。人も妖怪も救うに値しないと唾棄《だき》するかもしれない。

だが、今はまだ、諦めるには早すぎる。

「若様」

沈黙を破ったのは柳鼠だった。

「この爺に、ひとつ考えがございます。人間のするように策を講じるのはいささか癪《しゃく》でございますが……」

「聞かせてくれ」

柳鼠はわざとらしく咳払いをすると、みなを見回し、口を開いた。

「孔雀組が目明かしを使って悪評を広めておるのであれば、こちらも同様のことをするまで。潜むということにおいては、我々妖怪の方が一枚上手でございます。つまり――」


「――でもって、好き放題使った妖怪まで口封じに殺そうとしたっていうんだよ。ふざけやがって。どっちが鬼だかわかったもんじゃねェ」

飯屋の客たちは男の話を食い入るように聞いている。女中まで仕事の手を止める始末であった。

昼時とあって、飯屋はどこも大賑わいだ。両国広小路にほど近い、ここ『吉巻《よしまき》』も、名物のしじみ汁を求め訪れた客で大層賑わっている。

男は、ちょうど店が混み始めた頃にふらりと現れた。日焼けをした大工風で、なかなか愛嬌《あいきょう》のある顔立ちだ。顔が丸っこく、目がくりくりとしていて、笑うと八重歯が覗く。

男は初めのうち、店の隅で静かに酒を呑んでいた。しかし、酔って気が大きくなったのか、次第に女中やほかの客たちにあれこれと話をし始めた。みな、適当にあしらっていたが、男の軽妙な語り口に魅入られ、気付けば店にいる全員が話を聞くようになっていた。

「それが本当なら、えらいことだぜ。人斬りは孔雀組だったってことだろ」

棒手振《ぼてふ》り風の男が前のめりになって言う。

隣に座っている大柄の男が、棒手振り風の頭を軽く叩き、

「馬鹿、嘘に決まってんだろ。あの孔雀組が妖怪を使うわけがねぇや」

「けどよ、狐小僧が孔雀組にとって目の上のたんこぶなのは間違いねぇ。業を煮やして、ついに禁じ手を使ったのかもしれねえぜ」

「もし本当だってんなら、鼻から蕎麦《そば》をたぐってやらぁ」

笑い合っている男二人をよそに、女中が目を輝かせて口を開く。

「上野の茶汲み娘が捕まったって話は本当ですよ。昨日、うちにきたお客さんが大層落ち込んでいらして……」

「その娘さん、狐小僧と連《つる》んで人を斬ってたって話じゃねえか。そりゃ捕まっても文句は言えねえ」

無頼《ぶらい》風の男がやいやいと口を挟む。

「聞き捨てならねぇな。俺ァよ、前ッから狐小僧は嵌《は》められたと踏んでたのよ。つまり、この兄ちゃんの話は正しいってこった。お墨付きをくれてやらぁ」

人々は好き好きに話しはじめ、もはや収集がつかない。

一番最初に噂話を口にした大工風の男は、店の外を見るやいなや慌てて立ち上がった。

「いけねぇ、大事な用があるんだった。騒がせちまったな。おあしはここに置いてくぜ」

名残惜しそうにしている客たちに堪忍堪忍と頭を下げつつ、男は店の外へ出た。口笛を吹きながら足早に通りを進み、先ほど店の前を横切った舛花《ますはな》色の小袖の女を追う。

男は何食わぬ顔で女の横にぴたりとつき、並んで歩いた。女は落ちくぼんだ目で大工風を見たが、それまでだ。興味がなさそうに両国橋のほうへと歩を進める。

「……姐《ねえ》さんのほうはどうですかい。うまくいってますかい」

大工風に話しかけられ、骨のような顔つきの女は前を向いたまま答えた。

「上々ですよ。長屋のおかみさん方ほど噂好きはいませんからね」

「そりゃよかった。あっしのほうも上々でさァ。……人間ってのは、ほんっとに噂が好きでござんすねぇ」

大工風の男――玉吉の言葉に、骨のような顔の女は薄く微笑んだ。

「それにしても、鼠の爺さまも随分とまあ、人間の生活に染まっちまったようでござんすねェ。町の人たちに噂を広めさせるなんて、前の爺さまなら思いつかなかったでしょうに」

「まったくですよ」

弥六が化け狐を助けてから二日が経つ。

人斬りへの恐怖と怒りで満ちていた江戸の町には、「狐小僧は孔雀組に嵌められたのだ」という噂がじわりと広まりつつあった。

化け狐から事の真相を聞いた弥六たちは、孔雀組の所業を噂として流すことにした。玉吉やおいよ、飛縁魔のお七などの人に化けられる妖怪は、人が集まるところに赴いて噂話をし、柳鼠は江戸に潜む顔なじみの妖怪らに声をかけ、噂を広めてくれるよう頼んだ。妖怪らは「孔雀組に泡を吹かせられるならいくらでも手を貸す」と快く引き受けてくれた。

孔雀組が妖怪を使って成した悪事は、妖怪たちが広めた噂によって暴かれつつあった。

「今日には読売が出るでしょうから……あとは、あちらがどう動くか、ですね」

「奴《やっこ》さんの堪忍袋の緒が脆《もろ》くあってもらえると嬉しいんですがねェ」

玉吉とおいよは、最後まで互いに顔を見ることなく、ごく自然に道を違《たが》えていった。少しして、両国広小路では読売を売る声が響き渡った。


「忌々しい」

南條は手にしていた読売をぐしゃりと握りつぶした。

日本橋・松平三河守《まつだいらみかわのかみ》の屋敷に近い、川口橋のたもとである。隅田川《すみだがわ》の向こうには深川万年橋《まんねんばし》が見え、塩や米を積む舟が橋下をくぐって小名木川へと入っていった。

読売を持ってきたのは南條の腹心・高尾であった。傍らでは精悍な若侍が顔を真っ青にして俯いている。顎を怪我したのか、口元に布を巻いていた。

読売に書かれていたのは、孔雀組隠密廻り同心・南條明親の悪事についてだ。

南條は化け狐の仔を人質にとり、親狐に狐小僧のふりをして人を斬るよう命じていた。用済みになったとみるや仔狐を殺し、親狐も殺めようとしたが失敗。焦った南條は咎《とが》無き町娘を捕らえ、狐小僧をおびき出そうとしている——おおむね、このような内容である。

「民衆の間では、この読売が飛ぶように売れてございます。噂は昨日から広まりつつありましたが、読売が出たせいで、もはや収集がつかなく……」

「目明かしどもは」

「動かしておりますが、手が足りませぬ。すでに詰所にも幾人か詰めかけていると聞き及んでおります」

大きく溜息をつき、南條は顔面蒼白《そうはく》の松本へ視線をやった。

「化け狐は仕留めたと、そう申してはいなかったか」

「実はすんでのところで邪魔が入り、取り逃がしまして……。しかしッ、呪いは全身に回っておりましたので、あのまま放っておいても」

「誰に邪魔をされた」

松本はびくっと肩を撥《は》ね上げる。

「狐小僧か」

「もっ、申し訳ございませぬ……！」

「なるほど、噂を流しているのは狐小僧か。……まあ、よい。読売が与太話を広めるなど、今に始まったことではあるまい。みな、すぐに忘れる」

松本はほっと胸をなで下ろした――と思われたが。

「えっ」

突然、松本の首から血が噴き出し、水面を赤く染めた。そのまま白目を剝き、頽《くずお》れる。

南條は複雑な手印を解き、松本の体を隅田川へ蹴り落とした。

「高尾。捕らえている茶汲み娘の首を刎《は》ねよ」

「よろしいので」

「娘が打ち首になると知れば、狐小僧も助けに来ざるを得まい。姿を見せねば……かまわぬ。そのまま娘を殺せ」

「民衆からの誹《そし》りは免れませぬぞ」

「そのようなもの、どうとでもなる」

吐き捨てられ、高尾は押し黙った。

「お頭は民衆からの評判を随分と気にしておられるが……妖怪を滅ぼすのに大義名分などいらぬ。邪魔立てする者も次々に始末してしまえばよいのだ。民衆にとって我々など、所詮は妖怪と同じ厄介者でしかない」

南條の目に宿るどこまでも深く渦巻く憎悪に、高尾は気付いていなかった。

「二日の後、娘を処刑すると触書《ふれがき》を出せ。読売の噂は目明かしどもを使って鎮めさせろ」

「お頭には、なんと」

「私が伝える。……なに、狐小僧をようやく捕らえられるとなれば、お頭も多少のことは目をつむってくださるだろう」

「承知致しました」

一礼をし、高尾は去っていった。

遅れて、南條も手にしていた読売を隅田川に流し、場を後にした。

残照が空を紫色に染め上げている。

弥六は黒装束に身を包み、天王寺・五重塔の屋根から孔雀組の刑場を見ていた。肩には黒鉄がとまっている。怪我を負ってから五日が経ち、翼はすっかり癒えたようだった。

刑場には多くの人がつめかけている。まつの処刑を嘆いている者もいるが、それ以上に、狐小僧の登場を待ち侘《わ》びている者が多いのだ。天暁もつい先ほど谷中《やなか》へ向かった。弥六は後から行きますと言って、寺に残った。

「……本当に、それでいいのかい」

化け狐は弥六の腕からするりと離れ、屋根に降り立った。柳鼠が抑えた呪いは再び白い体を蝕んでおり、前に見たときよりもじゅくじゅくと膿《う》んだようになっていた。立っているのがやっとであろうに、苦しげな素振りは決して見せない。

化け狐は名をいたびと言うそうだ。仔らに名前をつけた際、「ととさまにも名前が欲しゅうございます」と、名付けてもらったらしい。

「もう、いくばくもない命だ。あの男に一泡吹かせられるなら、惜しくない」

「そうか。――なあ、いたび、お前が出会ったという大妖怪だけど……」

言い終える前に、いたびはくるっと宙に飛び上がった。気付けば、弥六の傍らには狐小僧の姿があった。

「もし、あのお方に会うことがあれば、伝えて欲しい。貴方様の言うとおり、仔を慈しむに勝る仕合わせはございませんでした、と」

「……わかった」

「では、さらばだ。真の狐小僧。……どうか、我が仔らの仇を討ってくれ」

いたびが手を上げる。黒鉄はその手を摑むと、刑場のほうへと飛んでいった。

もうすぐ、暮れ六つの鐘が鳴る頃である。

まつは後ろ手に縛られ、土壇場に座らされていた。目の前には奈落《ならく》と呼ばれる血溜まり用の穴がある。

昨晩、牢屋番がまつの元へやって来て「斬首に決まったようだ」と教えてくれた。孔雀組《くみ》が行う刑は、与した妖怪の性質を加味して決められるそうである。孔雀組は最後まで、まつがなんの妖怪に手を貸したのか言わなかったが、おそらく人斬りに手を貸したがゆえの斬首なのだろう。

刑場には多くの人が詰めかけていた。

人だかりの一番手前にいるのは家族だ。伯母のおときと、太福寺の天暁和尚の姿もある。

だが、その中に弥六の姿はない。

――最後に顔を合わせたのが、布団でいじけていたあの時だなんて。

まつは苦笑した。

この四日、日がな狐小僧の正体について問われた。知らないと答えるたび笞《むち》で叩かれ、頬をぶたれた。まつが狐小僧について知るのは、その正体が大妖怪・白仙ではなかったということ、そして、思いのほか小柄だったということだけだ。

「まつを放してやってくださいませ。娘は何もしておりません、まことにございます」

父の吉兵衛が槍《やり》を向けられながら泣き叫んでいる。兄の梅吉は、今にも役人に食ってかかりそうな母と伯母を必死におさえていた。

家族には悪いことをしてしまった。妖怪などに興味を持っているばっかりに、父はずっと心労を抱えていた。流行の役者に熱を上げ、簪《かんざし》や紅に目を輝かせるような娘であれば、父はあれほど痩せることはなかっただろう。

七年前、大妖怪・白仙に助けられなければ、妖怪を好きになることもなかったのだろうか。――そう思っているのに、妖怪の話を楽しそうに聞いてくれる弥六の顔が頭から離れなかった。

突然、何者かが叫んだ。

「おい見ろ、狐小僧だ！」

みな、空を見上げている。そこには確かに狐小僧の姿があった。

「本当に現れたぞ！」

「やっぱり、まつと通じてたのか！」

人々が好き勝手に声をあげるなか、孔雀組の役人たちは刀を構えてまつの近くに寄る。

狐小僧は同心らと対峙《たいじ》するかのように着地をした。

――まさか、来てくださるなんて……。

まつは目を瞠《みは》った。だが、歓喜よりも不安が大きかった。

いくら狐小僧とて、これだけの数を相手にするのは至難の業だ。刑場には侍と法師を合わせておおよそ二十人ほどがいる。逃げ道はない。

「現れたな」

死んだ魚のような目をした侍が、まつの首に刀を添える。お逃げくださいと叫びたかったが、恐怖で声が出なかった。

「申し開きがあるのならば、聞く」

狐小僧は何も答えず、じっとしている。――かと思いきや、突然踵《きびす》を返し、集まった人々のほうへと駆け出した。

野次馬を牽制《けんせい》していた同心が、慌てて槍を向ける。槍先は狐小僧の腹を突き刺していた。

それでもなお、狐小僧は手を伸ばし、進もうとする。人々は恐れ、逃れるように後退していった。

「人斬りってのは本当だったんだ！」

「あたしらを殺すつもりだよ」

駆けつけた侍が、狐小僧の背を斬りつける。民衆へと伸ばされた手はだらりと垂れ下がり、狐小僧は槍にもたれかかる形でうなだれた。

「そんな……」

まつは思わず身を乗り出した。かたわらの侍に髪をつかまれ、引き戻されたが、それでも前へ行こうとした。

「嘘です。いや。狐小僧さま！」

まつの叫びも虚《むな》しく、狐小僧は地面に転がされた。同心が狐面に手をかける。

人々は、息を呑んだ。

だが、狐面を剝ぎ取った瞬間、狐小僧の姿は汚れた狐のそれに変わった。

「なんだ、ありゃあ！」

「なんだい、何も見えないよ」

「尻尾が二股に分かれてるぞ」

「……妖怪だッ！」

場にどよめきが走った。役人たちも、狐小僧が目の前で狐の姿に変わってしまったことにうろたえている。

そんななか、狐は苦しげに頭をもたげた。汚れた体は所々傷ついており、黒い煤のようなものが流れ出していた。

「……貴様の手は、血に染まっている」

人々のざわめきでさえかき消すことができない、低く、重い声だった。

「貴様は江戸の守り手でも、何でもない。人を殺め、笑う、悪鬼そのものだ。――地獄へ落ちろ、南條明親！」

狐は突然跳ね上がり、民衆の中へ飛び込んだ。唸り声をあげ、眼鏡をかけた総髪の男へと襲いかかる。

男の首に食らいつく直前、狐の体は爆《は》ぜ、黒い煤となって宙に消えた。

「どういう、ことでぇ……」

静寂のなか、無頼風の男が口を開く。

「噂は本当だったってことかよ」

男の声を皮切りに、人々は次々と声を発した。

「南條明親って、確か、読売に書かれていた」

「孔雀組が人を斬らせてた……」

「狐小僧に罪を着せてたなんて」

何者かが、総髪の男につかみかかる。

「てめぇが裏で手ェ引いてたのか！」

総髪の男は顔の前で手をぶんぶんと振った。

「そんなまさか！　わたくしなどは、しがない鍼《はり》医者でございまして……」

「嘘をお言いよ」

長屋のおかみ風の女が割って入る。

「たった今、妖怪を殺したじゃないの。あたしはこの目で見たよ。あんたが手を組んで、変な呪文を唱えたところ！」

周りの者たちも次々に総髪の男へ詰め寄った。

「あんたのせいで、うちのおやじが」

「うちの子も斬られたよ！」

民衆の興奮は膨れ上がり、もはや手のつけようがない。同心らは人々を鎮めようと怒鳴ったが、それが余計に人々の心に火をつけ、もみ合いとなった。

その時、まつの傍らにいた侍が突然前方へと吹っ飛んでいった。侍は受け身をとり、素早く刀を構える。

「何者だッ！」

じゃり、と土を踏む音がする。

まつの後ろから現れたのは、黒装束を着た小柄な人物――本物の狐小僧であった。

「みなの者、であえッ。狐小僧だ！」

狐小僧に気付いた幾人かの侍が血相を変えて駆け寄ってくる。

先陣を切ったのは青白い顔の侍だ。大きく踏み込み、狐小僧の背中へと斬り込む。だが刀身に拳を当てられ、青白侍はぐらりと体勢を崩した。見れば、刀ははばきから上がぽっきりと折れている。青白侍はそのまま顎を峰打ちされ、もんどり打って倒れた。

続けて、槍を持った役人が向かってくる。狐小僧は刺突《しとつ》をすばやく躱《かわ》し、役人の間合いに踏み込んだが、何かを察知したか後ろへと退いた。間髪を入れず、狐小僧が立っていた場所に抉《えぐ》られたかのような穴が空いた。

後方で、老緑の羽織を纏った男が印を結んでいる。

「オン、マユラ、キランティ、ソワカァ！」

まるで狐小僧を追うかのように、地面が次々にへこんでいく。法師は手印を変え、カッと目を見開いたが――。

「ぐわッ」

どこからともなく飛んできた黒い影が法師を突き飛ばした。槍を持った役人も隙を突かれ、頸《くび》の後ろを打たれて頽《くずお》れた。

「狐小僧ォオオオッ！」

咆吼《ほうこう》をあげて斬り込んだのは、死んだ目の中年侍だ。

狐小僧は脇差で斬撃を受け、鍔迫《つばぜ》り合いに持ち込んだ。中年侍は刀に体重をかけ、血走った目を狐小僧に近づける。まるで今にも嚙みついてしまいそうな様相だ。

狐小僧は刀を押し返すと、中年侍の籠手《こて》を膝で蹴り上げた。すかさず懐へと入り込み、がら空きになった胴へ横薙《よこな》ぎの一刀を叩き込む。

「無念……」

侍は体をくの字に曲げ、胃液を吐いてから、脇差にもたれかかるように頭を垂れた。だが、どしゃりと倒れた侍の腹からは、やはり血が出ていなかった。

「逃がすな、何としても捕らえよ！」

民衆を抑えていた役人たちが狐小僧を捕らえるべく向かってくる。

狐小僧はまつを縛る縄を素手で引きちぎると、ひょいと抱え上げて、刑場から走り去っていった。役人らの怒声が背後から飛んできたが、追いつく者はいなかった。


弥六は道灌山を駆け上がっていた。黒鉄いわく、南條は山の上へ逃げていったらしい。

まつは玉吉と飛縁魔のお七に預けてきた。あの二人であれば、自在に変化《へんげ》が出来るため太福寺との関わりを気取られることもない。今ごろは、手頃な場所にまつを匿《かくま》ってくれているはずだ。

――気配がする……。この臓腑《ぞうふ》を透かし見られているような感覚――あの時と同じだ。

咄嗟《とっさ》に右へ避《よ》ける。直後、弥六が立っていた場所が半円形にへこんだ。

姿勢を低くし、全力で走る。弥六を追うように土が抉《えぐ》れ、木の幹が次々とはじけ飛ぶ。

――あそこだ！

弥六は前方に見えるひときわ太い木へと突っ込み、勢いのままに木の幹へ回し蹴りを食らわせた。木は拉《ひしゃ》げ、背後に隠れていた者の姿を露《あら》わにする。

「くそっ……」

南條が忌々しげに顔を歪め、手印を組もうとする。だが、黒鉄に体当たりを見舞われ、地面を転がっていった。

「……オン・マユラ・キランティ・ソワカ」

すぐさま立ち上がり、南條は懐から匕首《あいくち》を抜いて真言を唱える。刃に妖怪殺しの呪を乗せているのだ。あの匕首で斬りつけられればただでは済まない。

弥六は脇差を青眼《せいがん》に構えた。南條も弥六を見据える。眼鏡の奥に見える双眸《そうぼう》は、ぽっかりと開いた二つの孔《あな》のようである。

「おおおおっ！」

南條はがむしゃらに斬りかかってきた。弥六は匕首を軽々と弾き飛ばし、懐へと踏み込む。だが悪寒が背筋を伝い、咄嗟に後ろへ跳んだ。

「ほざろ、ごおに、てんと、れす」

南條は顔の前で手印を組み、聞き慣れない呪文を口にする。

途端に体が重くなった。前に食らった、動きを封じる術と同じだ。弥六は体を無理矢理に動かし、横に転がった。間髪を入れず、弥六が立っていた場所はみしりという嫌な音と共に大きくへこんだ。

血走った目で弥六を追い、南條は手印を組み直す。よく見ると、鼻から血が滴り落ちている。

「あんへ、され、ほえん、えば」

足がどんどん重くなる。脇差を構えることさえままならない。動くたび、体中で何かが千切れるような音がする。それでも、弥六は立ち上がり、あえてまっすぐに南條へと向かっていった。氷の中に埋まっているかのような足を一歩一歩と引き抜いていく。

南條は突き進んでくる弥六に怖気《おぞけ》を震ったのか、顔を青くして複雑な印を組んだ。薄い唇が呪文を唱えるべく開かれる。

「オン――」

「ヤアァッ！」

弥六は力ずくで一足一刀の間合いの中に入り、下段から南條の顎を打ち上げた。南條の体は宙を舞い、しばらくしてどしゃりと地面に落下した。

なおも手印を組もうとする南條の喉元に脇差を突きつける。

南條は目を見開き、口を裂いて笑った。

「こんな鉄の棒で斬れると思うか」

「お前の狙いは何だ。なぜ、わたしに罪を」

「貴様の化けの皮を剝ぐためだ」

「……なに？」

半妖であることを知られているのかと思った。

だが、そうではなかった。反吐《へど》が出る。みな、滅べばいいのだ」

「人も妖怪も救う？　反吐が出る。みな、滅べばいいのだ」

「何が言いたい」

「……かつて、わたしはお前と同じ志を抱いていた」

南條は目を細め、血塗《ちまみ》れの口を動かして言う。

「私は生まれながらに妖怪を見ることができた。悪さをする妖怪はこらしめ、そうでない者は村に住むことを許した。七つの頃、役人どもによって村が焼き払われたが……それでも誰も恨みはしなかった。隣人を慈《いつく》しみなさいというのが、主《しゅ》と、亡き母の教えだった」

主の教え――もしや、南條は外《と》つ国《くに》の神を信じてるのだろうか。

「各地を転々としながら、人を助け、妖怪も助けた。どうにか両者の架け橋になろうと尽力した。しばらくして府中《ふちゅう》に流れ着き、鍼《はり》医者の元に身を寄せたが、私はそこで厄介者として扱われた」

「なにゆえ……」

「府中では、人を食う鬼どもが町の権力者と手を組んでいた。汚れ仕事を請け負う代わりに餌を見繕ってもらうのだ。それを暴こうとする私は、邪魔者でしかなかった。……ある日、町の人たちが突然血を吐いて死んだ。人々は、私が妖怪と手を組み、みなを殺《あや》めたと噂した。それだけならまだしも、奴らは先生を無惨に殺めた」

天暁の顔が過《よ》ぎり、弥六は面の内で唇を噛んだ。

「私は、幾度も潔白を訴えた。だが、誰も聞き入れてくれなかった。町の者たちは私を妖怪の手先だと……そう罵った！」

南條は叩き付けるように続ける。

「私と貴様、何が違ったのだ。貴様はなにゆえ人々に受け容れられる」

南條は突然脇差を摑み、切っ先を己の喉に押し付けた。

「お前、なにを」

「あの化け狐の仇を討つのだろう。喉を貫け。私を殺めるがいい」

南條はさらに深く脇差を己《おの》が喉に突き刺す。青白い肌に赤い玉が膨らみ、血の筋となって流れ落ちていく。

「貴様が憎い。穢《けが》し、貶《おとし》めてやらねば気が済まぬ！」

南條は涙を堪えるかのように顔を歪めた。だが、口元だけは笑っていた。

「私は永劫《えいごう》貴様につきまとうぞ。貴様を悉《ことごと》く壊してやる。――それが嫌ならば、私を殺せ。殺してみよ、狐小僧！」

柄を握る手に力が入る。

この男のせいで、いたびと、いたびの仔らは死んだ。まつも孔雀組に殺されるところだった。飛縁魔のお七も、鷹之助も狙われていた。ここで息の根を止めなければ、より多くの人が犠牲になる。

だが――。

「わたしは、お前とは違う」

弥六は脇差を南條の手から引き抜いた。

「お前は逃げたのだ。憎悪そのものに成り果てることで、憎悪に抗《あらが》うことをやめた。わたしは、逃げない」

「なに……」

「妖怪を殺さない。人も殺さない。どちらも助ける。――そう心に誓った」

唖然とする南條の胸ぐらを掴み、無理矢理に立ち上がらせる。体に力が入らないのか、ひどくふらついていた。

その時だ。風を切る音と共に、南條の背に次々と何かが突き刺さった。矢だ。何者かが矢を放っている。

弥六は咄嗟に飛んでくる矢を叩き落とした。遠くにいくつかの人影が見える。老緑の羽織を纏《まと》った者たち――孔雀組だ。

「ほら見たことか」

弥六の背後で、南條は笑いながら一歩、二歩と下がっていく。胸に穴が空いているのか、ひゅうひゅうと風の通るような音がする。

「人も妖怪も信じるに値しない。容易《たやす》く裏切る。……貴様は、いつまで綺麗事《きれいごと》を口にしていられるであろうな」

南條は崖から落ちていった。慌てて手を伸ばすも時すでに遅く、南條は壊れた人形のような姿で崖下に横たわっていた。

孔雀組の連中が駆け寄ってくる。相当な人数だ。

弥六は脇差を強く握り、その場から逃げ去った。


「――そこへ狐小僧が颯爽《さっそう》と現れて、まつを助け出してくれたのだよ。いやあ、あれは本当に格好が良かったね。若い娘たちが熱を上げるのもわかるというものだよ」

弥六は興味がなさそうに天暁の話を聞き流し、六杯目の飯を平らげた。部屋の隅に控えているおいよが、すかさず米びつの蓋《ふた》を開ける。

「聞いているのかい」

「聞いておりますよ。ですが、その話はもう何度目かわかりませぬ」

「何度でも聞きなさい。お前はあの場にいなかったのだからね」

茶碗をおいよに渡し、飯をよそってもらっている間に漬物を口に運んだ。今日の朝餉《あさげ》は芋がらと油揚げの甘辛煮、ひじきの白和《しらあ》え、湯豆腐にたくあんだ。弥六の膳には芝えびの乾《から》煎りがついている。

おかずに油揚げがあるとどうしても飯が進む。今日は普請の手伝いに行くつもりはないのだが、この調子だと七杯以上食べてしまいそうだ。

「何度も申しておりますが、あの時は腹を下していたのでございますよ。ようやくおさまったと厠《かわや》を出てみれば、みな、熱に浮かされたように狐小僧、狐小僧と……」

「仕方のない子だね。まつが怒るのも当然というものだよ」

「今日も藤屋に顔を出しに行きます。この三日、まともに口をきいてもらえてませんので……」

弥六は山のように飯が盛られた茶碗をおいよから受け取り、大口を開けて掻っ込んだ。

おいよが喜びに目を輝かせているのがわかった。

刑場での騒動があってから三日。町は普段どおりの平穏を取り戻していた。

孔雀組は一連の事件を「隠密廻り同心・南條明親が独断で企《くわだ》てたこと」とし、我関せずを貫いた。まつは不問となり、騒動後に同心らが再び藤屋へ押しかけることはなかった。ご公儀も今回の件には流石《さすが》に苦言を呈し、それを知った火盗改はここぞばかりに孔雀組を非難しているそうである。

ひとまずは、一件落着といったところだろう。

気になるのは南條の生死だ。黒鉄が見廻りで耳にした話によると、南條の骸《むくろ》は未だに見つかっていないらしい。もしかすると、まだどこかで人と妖怪に対する憎悪を燃やしているのかもしれない。

「それにしても、これを見てごらんよ」

天暁は袈裟の懐から読売を一枚取り出した。

「狐小僧の正体は奥勤めの女で、普段は御台所《みだいどころ》さまにお仕えしており、将軍さまからのご寵愛《ちょうあい》も厚い……よくもまあ、こんなことを思いつくものだよ。恐れ知らずもいいところだ」

「まったくでございますね」

弥六は苦笑し、飯を一気に掻っ込む。

「わたしが思うに、狐小僧はまだ子供なのだよ。どこぞの旗本の三男坊あたりではないかと踏んでいる」

「随分とまあ荒唐無稽な話でございますね。読売に書かれていることと大差ありません」

「失敬な。では、お前は狐小僧の正体をどう考えているのだい」

「そうですね……」

弥六は口元に手をやる。

「狐小僧は身の丈五尺なれど、五十貫もあり、空を飛び、火を吐き、目から稲妻を放ち、一吠えしただけで雲が割れ、歩いただけで地鳴りが起きる、天下無双の大妖怪——そんなところでございましょうね」

「お前こそ読売とまったく同じではないか。いいかげんなのだから……」

弥六は声を出して笑った。

本書は、ハルキ文庫のために書き下ろされた作品です。

時代小説文庫
か 20-2

狐《きつね》小《こ》僧《ぞう》、江《え》戸《ど》を守る

著者　柿本《かきもと》みづほ

2022年11月18日第一刷発行

発行者　角川春樹

発行所　株式会社 角川春樹事務所
〒102-0074 東京都千代田区九段南2-1-30 イタリア文化会館

電話　03(3263)5247[編集]　03(3263)5881[営業]

印刷・製本　中央精版印刷株式会社

フォーマット・デザイン&シンボルマーク　芦澤泰偉

ISBN978-4-7584-4524-5 C0193

http://www.kadokawaharuki.co.jp/[営業]
fanmail@kadokawaharuki.co.jp[編集]　ご意見・ご感想をお寄せください。